Scripto

Tyne O'Connell

Les Confidences de Calypso

Romance Royale

Traduit de l'anglais
par Isabelle de Couliboeuf

Gallimard

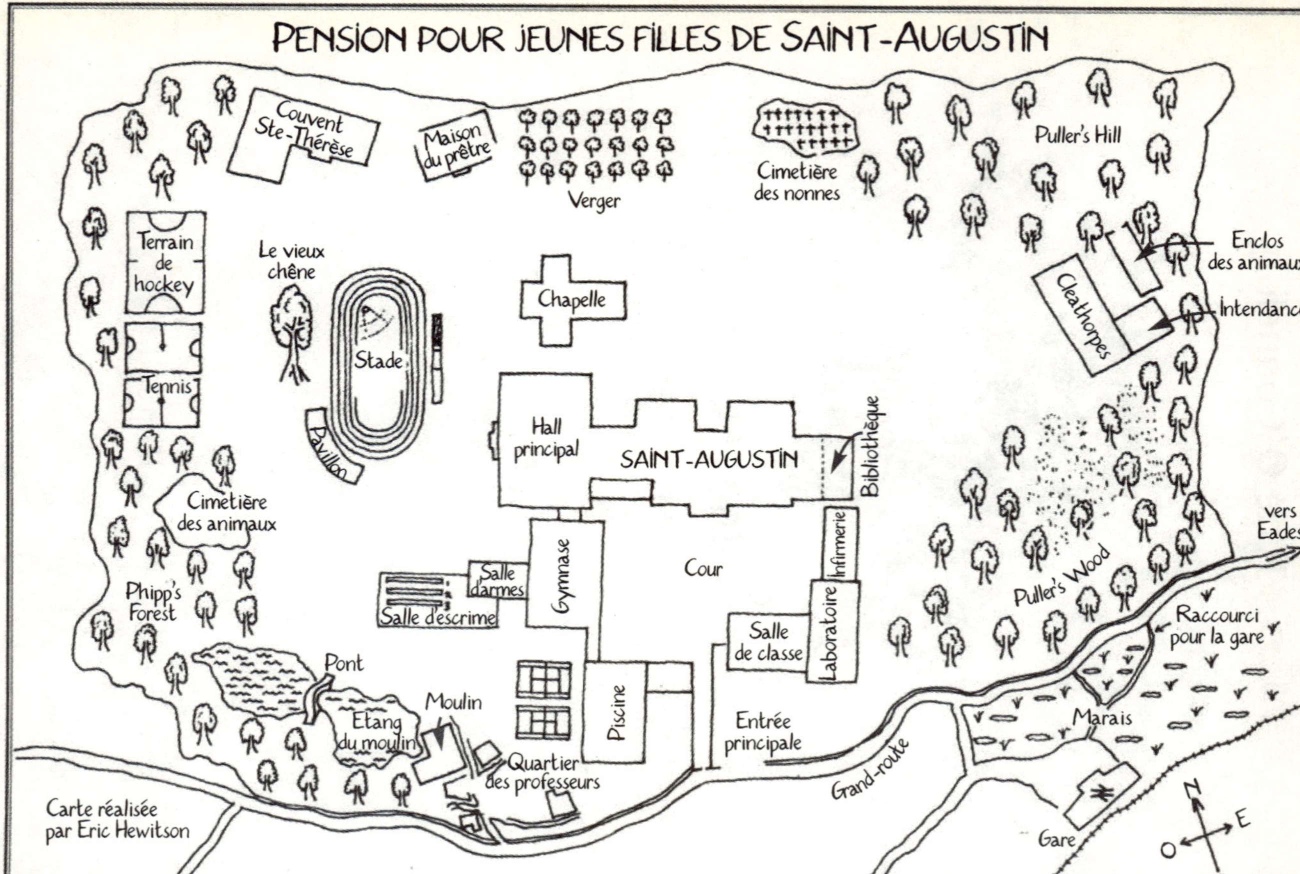
PENSION POUR JEUNES FILLES DE SAINT-AUGUSTIN
Couvent Ste-Thérèse
Maison du prêtre
Verger
Cimetière des nonnes
Puller's Hill
Enclos des animaux
Intendance
Cleathorpes
Terrain de hockey
Tennis
Le vieux chêne
Stade
Pavillon
Chapelle
Hall principal
SAINT-AUGUSTIN
Bibliothèque
Cimetière des animaux
Phipp's Forest
Salle d'armes
Salle d'escrime
Gymnase
Cour
Infirmerie
Laboratoire
Salle de classe
Piscine
Pont
Etang du moulin
Moulin
Quartier des professeurs
Entrée principale
Grand-route
Puller's Wood
vers Eades
Raccourci pour la gare
Marais
Gare
N
E
S
O
Carte réalisée par Eric Hewitson

A Cordelia O'Connell,
ma muse, ma conseillère
et, avouons-le,
celle qui me donne le ton !

Titre original:
Pulling Princes - The Calypso Chronicles
Édition originale publiée par
Piccadilly Press Ltd, Londres, 2004

Saint-Augustin. 1

Tu parles d'un hasard ! Sauf que cette fois, c'est le scénario le plus catastrophique de toute ma longue vie de scénarios catastrophe.

A quatorze ans, on commence à percevoir ces choses-là.

C'est dans l'avion qui me ramenait de Los Angeles après les vacances de Pâques, coincée entre une grosse dame et un routard nauséabond, que j'ai mis au point la stratégie qui me permettrait de transformer mon existence à Saint-Augustin au cours du dernier trimestre.

Il faut dire que ma vie dans cette pension est un enfer depuis la seconde où j'en ai franchi le seuil. C'est la raison pour laquelle j'ai décidé de tout mettre en œuvre pour me faire accepter, sinon respecter, par sa population de jeunes filles de bonne famille. Oui... je sais, ce sont des pimbêches égocentriques et superficielles dont la cervelle ne ferait même pas contrepoids avec un pépin de raisin. Mais... bon, il y a des limites au supportable et je ne peux pas passer ma vie à jouer les vilains petits canards.

Le trimestre risquait d'être rude si je décidais de passer à l'action, car j'allais devoir me réinventer de la tête aux pieds pour devenir un super canon, le genre de fille qui fait craquer les garçons !

Plus rien ni personne n'aurait pu me faire changer d'avis. Ma décision était prise. Elle était même irrévocable : j'allais me métamorphoser en mijaurée snobinarde pour me fondre dans la masse de ces jeunes filles bien nées. Pour ça, j'avais concocté un plan béton, une tactique infaillible. Sauf que voilà... J'avais tout prévu, même que les choses empirent avant de s'améliorer, tout, sauf que je partagerais ma chambre avec l'honorable Georgina Castle Orpington. Eh non, même moi, la Reine de la prophétie du Jugement Dernier (le surnom dont m'a affublé ma mère...), je n'avais pas prévu ça.

Sanglées dans l'affreux uniforme de Saint-Augustin (jupe plissée marron et chemise verte à jabot) et flanquées de leurs très aristocratiques parents et de leurs non moins aristocratiques valets de chambre, les pensionnaires s'étaient toutes agglutinées devant le tableau d'affichage du vaste hall d'entrée, sombre et lambrissé, pour essayer de savoir quelle chambre leur avait été attribuée pour le trimestre, et surtout, avec qui elles la partageraient.

– Super ! je suis avec « Yankee go home » ! dit Georgina d'un ton sarcastique à sa copine Honey O'Hare.

« Yankee go home », c'est comme ça qu'elles m'ont baptisée, quand elles ne se lancent pas dans une de leurs séances d'imitation de mon accent américain ! C'est plutôt comique si on considère qu'à chaque fois que je retourne à L.A. pour les vacances, tout le monde s'adresse à moi en arborant l'accent tragiquement british de Laurence Olivier jouant Shakespeare, comme s'il avait quelque chose à voir avec le mien. Je suppose qu'on ne peut pas gagner à tous les coups ?

Debout derrière tout le monde, j'attendais patiemment une accalmie pour pouvoir lire mon nom sur la liste, tout en feignant de ne pas entendre les lamentations de Georgina. J'aurais tellement aimé lui envoyer une réponse pleine d'esprit à celle-là. Le genre de petite phrase cinglante qui laisse l'adversaire sans réponse. Mais l'expérience m'a appris à garder pour moi les réflexions qui me viennent dans ces moments-là. Mon instinct de survie sûrement !

Comme chaque trimestre, Georgina et Honey avaient apporté leurs deux adorables lapins, dont les couleurs avaient le bon goût d'être assorties. Elles les transportaient dans de petits sacs Vuitton des plus chic. J'imagine leur réaction si elles apprenaient que je m'arrête pour les caresser chaque fois que je passe devant l'enclos des animaux de l'école. J'ai un faible pour Arabesque, celui de Georgina ; il est absolument irrésistible et possède les plus beaux yeux rouges et les oreilles les plus douces que je connaisse. L'autre, au pelage caramel, c'est Claudine, le lapin de Honey. Celui-là, il ne rate jamais une occasion de me mordre (ça ne m'étonne guère, telle mère tel fils !).

J'adorerais avoir un lapin, moi aussi. Mais voilà, l'un des inconvénients quand on est américaine dans une pension britannique, c'est qu'il faut renoncer à avoir un animal de compagnie à cause du très cruel séjour en quarantaine que leur impose la loi anglaise. Mes parents pensent que tout ça n'est pas bien grave, et que, comme tout ce qui me contrarie, ça me forge le caractère.

Mes parents ! Ce sont des obsessionnels du caractère.

A part ça, ils sont écrivains. A Hollywood. Moi aussi j'ai hâte d'écrire à mon tour, mais pas le même genre de trucs qu'eux. Ma mère supervise l'équipe de scénaristes d'une série télévisée tellement nulle qu'elle n'a jamais été diffusée en Angleterre. C'est dire ! Quant à mon père, il est constamment en train d'écrire LE scénario de sa carrière, celui qui va enfin le faire sortir de l'ombre et le propulser au sommet de la gloire (et qui sait, peut-être de la fortune). Jusqu'à présent ça a plutôt été du genre mauvaise pioche.

Mes parents pensent qu'ils sont hyper cool et très libéraux parce qu'ils m'ont autorisée à les appeler Sarah et Bob (comme si j'en avais envie !).

Mais en fait, ils ne sont pas si cool que ça. La preuve, ils conduisent une vieille Volvo et utilisent des expressions super ringardes comme « épatant » (papa), ou « extra » (maman).

Très vite, ils se sont mis dans la tête que L.A. n'était pas un endroit convenable pour élever un enfant et ils ont commencé à dire à tous leurs amis qu'ils craignaient que je devienne trop « Hollywood ». Aussi, dès que j'ai été en âge d'aller à l'école, ils m'ont envoyée au lycée français. C'est là que j'ai appris l'escrime. Mais la véritable raison de ma présence dans cette très aristocratique antichambre de l'enfer, c'est ma mère : non seulement elle est anglaise, mais elle a fait toute sa scolarité à Saint-Augustin et... croyez-le ou non, elle a A-DO-RÉ !

– Tu verras ma chérie, ça va être extra ! Tu vas te faire un tas d'amies très chouettes, m'a-t-elle promis pendant le vol qui nous transportait en Angleterre, il y a trois ans.

Jusqu'à présent, la seule copine que j'ai réussi à me faire c'est Star, la fille d'un chanteur de rock célèbre dans les années quatre-vingt. Bien que son père soit aujourd'hui au Top Ten des has been, il est toujours adulé dans le monde entier par des millions de fans tragiquement chevelus et reste l'un des hommes les plus riches de Grande-Bretagne. Mais la pauvre Star est bien trop loufoque et anticonformiste pour se faire accepter des filles de Saint-Augustin. Ce n'est pas comme Antoinette, dont toute la famille est dans le show-biz.

Eh bien, elle a beau avoir un an de moins que nous, elle est considérée comme la fille la plus branchée de toute l'école. Il faut dire que le look et les habitudes de Star détonnent plutôt ici: premièrement, elle ne porte que du noir, deuxièmement, elle pratique l'escrime, troisièmement, elle a une famille excentrique, et quatrièmement, elle est copine avec moi.

Honey a parcouru la liste du bout d'un de ses longs doigts parfaitement manucurés et s'est exclamée:

– Ouahhhh! tu ne devineras jamais avec qui d'autre ils t'ont mise Georgina chérie? Pas seulement avec l'amerloque, mais aussi avec sa copine bizarroïde, tu sais, Star!

Il s'en est fallu de peu que les yeux de Georgina ne jaillissent de leurs orbites sous l'effet de la surprise.

– Tu plaisantes, j'espère? Si c'est le cas, je vais demander à père qu'il aille se plaindre auprès de la direction, gémit-elle à haute voix tout en balayant la liste d'un air de dégoût pour s'assurer que son amie avait dit vrai.

Consternée, elle porta sa main, parfaitement manucurée, elle aussi, à ses sourcils comme pour conjurer un début de mal de tête.

Franchement, plus je les regarde, ces deux-là, plus je me demande pourquoi elles ne portent pas de diadèmes... Mais je dis des bêtises, car vu leurs ancêtres, ça doit leur arriver de temps en temps.

Le trimestre s'annonçait vraiment bien.

Le désespoir suscité par la perspective de partager ma chambre tout un trimestre avec Georgina était un peu atténué par la présence de Star. J'avais demandé à faire chambre commune avec elle, mais, comme Georgina, je savais à présent qu'on ne peut pas toujours obtenir ce qu'on demande en premier sur sa liste.

Star est non seulement ma meilleure amie, mais comme je l'ai déjà dit, c'est aussi ma seule amie. Normal, nous sommes les deux «aliens» de cette pension.

Star et moi avons fait connaissance à l'escrime en sixième (le premier jour de ma première année à Saint-Augustin). Nous avons passé tant d'heures seules toutes les deux dans la salle d'armes à nous entraîner (elle pour échapper aux autres filles, moi pour les beaux yeux de Mr. Sullivan, notre professeur) que nous sommes devenues assez proches l'une de l'autre, surtout après avoir choisi de manier le sabre. En tant que débutantes, les autres filles devaient impérativement commencer par le fleuret, mais Star et moi, qui faisions de l'escrime depuis longtemps et nous entraînions souvent, nous avons obtenu de Mr. Sullivan la permission de passer à l'épée, puis au sabre.

Des trois armes blanches, le sabre est de loin la plus «agressive». Sa garde recouvre tout le poing et sa lame se termine par une extrémité légèrement recourbée et tranchante, et non par un ridicule petit bout rond en plastique comme le fleuret ! Les sabreurs ont la réputation d'être des fanfarons qui plastronnent volontiers pour la galerie. Dans notre grande naïveté, Star et moi pensions que ce serait des qualités du dernier chic. C'était compter sans les us et coutumes locaux. Le maniement du sabre acheva de nous mettre à l'écart des autres tout simplement parce que c'était un sport qui n'avait pas la cote à Saint-Augustin.

D'ailleurs, voici la liste des règles incontournables pour toutes celles qui veulent suivre une scolarité à Saint-Augustin sans être l'objet de railleries permanentes :

Règle n° 1 : Etre svelte et avoir les cheveux longs, blonds et raides comme des baguettes.

Règle n° 2 : Avoir des titres de noblesse (même si c'est super ringard d'en faire état), une particule ou (au minimum) un nom à rallonge avec un tiret au milieu.

Règle n° 3 : Posséder une grande maison à la campagne et une autre dans un des quartiers chic de Londres.

Règle n° 4 : Ne pas avoir d'acné (précision : ou n'importe quel bouton en général).

Règle n° 5 : Ne pas avoir de kilos en trop (précision : le surpoids commence au premier kilo audessus de la moyenne taille-poids. Remarque : c'est mieux vu d'être anorexique ou boulimique que bouboule tout court).

Règle n° 6 : Ne pas voir trop de poils sur le corps.

Règle n° 7 : Ne pas avoir un accent bizarre (comme moi, dont l'accent n'est pas assez snob et british).

Règle n° 8 : Etre invitée au bal des débutantes (vous savez, celles qui sont présentées à la cour). Paradoxalement, celles qui y participent sont considérées comme plus nulles encore que celles qui n'y sont pas conviées. Allez comprendre !

Règle n° 9 : Etre assez jolie pour se faire draguer par les garçons – le nec plus ultra, ce sont les plus âgés –, surtout s'ils vous laissent sur le répondeur de votre portable des messages que vous pourrez faire écouter aux autres filles.

Règle n° 10 : Etre complètement obsédée par les bonbons et les clopes.

Règle n° 11 : Porter des fringues que personne d'autre n'achèterait (c'est-à-dire des vêtements sans marque, comme moi).

La règle n° 9 était mon principal problème.

Etre capable de séduire des garçons plus âgés, c'est vital pour n'importe quelle fille, mais plus encore pour celles qui vivent dans une pension exclusivement féminine, où la capacité à draguer des super canons vous confère un statut inégalable.

Je le savais à cause de ce qui était arrivé l'an passé à Octavia, une fille qui était dans la classe au-dessus. Octavia était dépourvue de tout pedigree social – pas la moindre petite particule – et faisait toujours figure de parent pauvre, avec ses cheveux courts et mal teints. Pour couronner le tout, elle était affligée d'une pilosité exubérante du plus mauvais effet, notamment à un endroit que ma bonne éducation m'empêche de nommer ici, qui lui avait valu l'adorable surnom de Touffinette.

Comme moi, Octavia était de celles qui se cachaient dans les vestiaires à l'heure du déjeuner pour éviter d'être confrontée à son absence totale d'amies (c'est à leurs voisines de table que l'on jauge le statut des pensionnaires de Saint-Augustin). Au retour des vacances de Noël, Octavia devint soudain une des filles les plus populaires de l'école et fut même propulsée dans le club très fermé des meilleures amies de Georgina. Et tout ça, simplement parce qu'elle sortait avec un garçon de seconde de Eades College. Il faut dire que c'est le collège le plus sélect du pays, celui que fréquente tout le gratin, national et international, à qui l'on inculque le respect des privilèges et l'art de séduire sans effort (*dixit* Star). Une fois, à l'occasion d'un week-end où les élèves étaient autorisées à rentrer chez elles, le garçon en question est venu chercher Octavia à la sortie avec sa Ducati. On n'a plus jamais revu Octavia après ça. En résumé, la seule chose à éviter c'est de se faire coller la réputation d'être incapable de séduire les mecs.

Apporter de l'alcool aux fêtes et draguer, c'est le job des filles. Alors le sujet est au cœur de toutes nos conversations. Enfin, quand je dis «nos», je veux dire celles des filles du clan des Divas à qui j'aimerais tant ressembler. Ne pas partager ses histoires de mec, c'est comme boulotter ses provisions dans son coin, c'est vulgaire.

Pendant les vacances de Pâques j'ai essayé de faire comprendre à mes parents que le temps était venu que je songe à sortir avec un garçon. C'est vrai quoi, je vais sur mes quinze ans! Eh bien, croyez-moi ou non, ils sont partis en vrille. On aurait dit que je venais de leur annoncer que je voulais avoir des relations sexuelles! Pensant naïvement que ça allait les calmer, j'ai commencé à leur expliquer ce que j'entendais par «sortir»: à savoir embrasser et tout ce genre de trucs. Ils travaillent à Hollywood, ils devraient savoir! Embrasser, c'est même pas interdit aux moins de treize ans ici, c'est tous publics. Mais au lieu de dire quelque chose de normal, comme «Bien sûr ma chérie, on te comprend. Surtout ne perds pas de temps, commence à chercher tout de suite», ils m'ont infligé un interminable discours sur comment on pouvait tomber malade pour un simple baiser. J'ai fini par piquer du nez dans mon assiette.

En bonne Américaine dont les parents se sont virtuellement appauvris pour pouvoir l'envoyer dans une pension anglaise – quand je dis «appauvris», je parle en langage hollywoodien bien sûr, ce qui veut dire qu'ils peuvent toujours payer les frais de scolarité, le billet d'avion et l'horrible uniforme, mais ont dû renoncer à s'offrir une piscine –, j'étais sûre et certaine d'échouer aux onze tests. D'accord, je suis grande et svelte et mes cheveux sont plutôt blonds (à condition que je les asperge régulièrement d'un spray Sun In), mais ils ne sont pas aussi raides et soyeux que ceux du clan des Divas. Les miens sont un peu ondulés et ébouriffés, et je dois sans cesse me battre contre les mèches rebelles qui rebiquent et me font comme des petites cornes sur le front quelle que soit la quantité de gel dont je les tartine pour les aplatir.

En sixième, nous étions dans des chambres de six ou plus. Mais plus on a avancé en âge, moins on a été nombreuses et plus les chambres sont devenues petites. Il a fini par être impossible de dissimuler mes tares aux autres filles qui séduisaient les garçons comme elles voulaient, elles.

Les troisièmes et les secondes sont logées dans des chambres de trois dans un bâtiment à part appelé Cleathorpes. C'est une ancienne bâtisse qui ressemble à s'y méprendre au manoir de la famille Adams, avec ses tours et ses fenêtres à meneaux. Malgré son petit air hanté, ça fait des années que j'attends de loger dans ce bâtiment car il est loin des autres dortoirs.

Bien sûr, Cleathorpes a ses bons et ses mauvais côtés.

Côté positif: sa situation isolée, comme je l'ai déjà dit. Ce qui signifie que la nuit, on peut facilement se faufiler dehors par la fenêtre de l'intendante qui n'est jamais fermée à clé. Ensuite, il suffit de déjouer l'attention des chiens et des gardiens en armes avant de franchir les barbelés électrifiés et courir jusqu'au petit bois de chênes (réputé pour être fréquenté par des violeurs et des exhibitionnistes!). De là, on peut rejoindre la gare à pied et attraper le train de 23h23 pour Londres et finir la soirée dans une boîte de nuit à la mode, comme l'Usine par exemple (ça, c'est seulement si on connaît quelqu'un qui connaît quelqu'un qui connaît le videur à l'entrée). Autant dire que personne de mon année n'a encore jamais réalisé cet exploit. Mais les filles de la classe supérieure prétendent avoir entrepris maintes fois cette petite expédition nocturne quand elles logeaient à Cleathorpes.

Le principal point négatif de Cleathorpes, c'est sa surveillante, l'épouvantable miss Cribbe. Les pensionnaires l'ont surnommée la Reine Mère, bien qu'elle soit vieille fille. Non seulement elle est folle et barbue comme un phénomène de foire, mais en plus, il faut toujours qu'elle essaye de copiner avec nous comme si on était ses enfants. Et puis, surtout, miss Cribbe possède une chienne épagneul breton répugnante du nom de Misty qui passe son temps à fouiner dans le dortoir avec sa truffe humide et à faire pipi sur nos couettes. «Oh! le vilain petit toutou!» c'est tout ce qu'elle trouve à dire quand son cabot incontinent sévit (miss Cribbe parle toujours à son chien avec une voix de bébé). Malgré les efforts renouvelés de toutes les pensionnaires pour éloigner le canin «pissouteur» à grandes giclées de Febreze, Cleathorpes empeste l'urine de chien!

Je hissais comme je pouvais ma malle dans l'escalier étroit et sombre aux murs couverts de boiseries qui s'enroule autour du hall central, et dont les marches de pierre portent toutes l'usure de plus de deux cents ans de passage. Je respirais à pleins poumons l'odeur de la cire d'abeille pendant que je montais seule les étages derrière les parents et les domestiques qui portaient les bagages des autres filles. Les fenêtres, dont les vitraux représentent sainte Thérèse en train d'accomplir quelque miracle, plongent la cage d'escalier dans la pénombre, même les jours de grand soleil comme aujourd'hui. Pliée en deux sous le poids de ma malle, la lanière de mon matériel d'escrime en travers de l'épaule, je regardais les traits apaisés de sainte Thérèse en priant pour qu'elle fasse un miracle en ma faveur, comme transporter ma malle jusque dans ma chambre par exemple. Je suppose que c'est normal que mes parents ne m'accompagnent pas, puisqu'ils habitent à Los Angeles, tout comme je suppose qu'ils trouvent ça formateur que je me coltine une malle de cinq tonnes jusqu'à l'étage. Franchement, je crois qu'ils n'en ont rien à faire que je finisse par ressembler à une vieille femme boiteuse quand j'aurai dix-huit ans.

Des amis pour la vie. 2

Le véritable nom de Georgina était Honorable Georgina Castle Orpington, mais elle était bien trop « magnanime » pour en faire état (comme je l'ai déjà expliqué, faire étalage de son titre était vulgaire). Aussi se faisait-elle tout simplement appeler Georgina Castle Orpington. Mais de toute évidence, Georgina n'était pas « magnanime » au point de souhaiter que l'on ignore ses quartiers de noblesse et elle entendait bien que tout le monde la traite avec les égards dus à son rang.

Le meilleur lit de notre chambre se trouvait près de la fenêtre. Il était équipé de tiroirs en dessous et avait une belle vue sur l'ancienne chênaie, plus connue sous le nom de Puller's Wood, où se déroulaient tous les jeux interdits.

La pension se trouvait à seulement quelques kilomètres de Eades. Bien que Eades soit une école bien trop sélecte pour que ses pensionnaires s'abaissent à fréquenter les filles d'établissements scolaires comme le nôtre (surtout catholiques comme Saint-Augustin), nous partagions un certain nombre d'activités extrascolaires du fait de notre proximité géographique. Nous avions établi une *amicabiles concordia*, comme notre professeur de latin aimait à le faire remarquer.

Je hais le latin. Vous pouvez me dire à quoi cela va me servir de savoir décliner *amo, amas, amat*? Mais chaque fois que nous faisons remarquer à miss Mills, notre professeur, que le latin est une langue morte, elle nous répond que c'est nous qui mourrons si nous n'apprenons pas nos déclinaisons sur le bout des doigts! Pourtant, en tant que catholique, elle ne devrait pas menacer la manifestation physique de nos âmes.

Les professeurs de Saint-Augustin sont de vrais hypocrites, à l'exception des sœurs, qui sont pour la plupart très gentilles et très dévotes (ou au minimum vieilles, sourdes et indifférentes). Une fois mortes, les sœurs sont enterrées dans un petit cimetière situé à côté de la pommeraie. Quand j'en ai vraiment marre, je viens parfois m'asseoir ici; je pense à la vie de ces femmes et ça m'aide à relativiser la gravité de mon sort.

On ne pouvait pas voir le cimetière des sœurs depuis la fenêtre de notre chambre, mais on apercevait un magnifique parterre de jacinthes sauvages qui tapissait le sous-bois de Puller's Wood.

– Tu veux le lit près de la fenêtre? ai-je demandé à Georgina quand parents et domestiques eurent quitté la pièce.

J'avais posé la question pour la forme car je savais pertinemment que Georgina était bien trop habituée à imposer ses quatre volontés à son clan de Divas pour ne pas prendre que ce qu'elle voulait. C'était juste histoire d'engager la conversation.

Il faut vraiment que j'arrête de faire ce genre de choses.

– Ça m'est égal, a-t-elle répondu en imitant mon accent américain tout en jetant Tobias sur le lit près de la fenêtre.

Tobias, son vieil ours en peluche, est une véritable petite personne. Il a une valise pleine de vêtements de créateurs taillés sur mesure pour lui et possède même un passeport. Quand Georgina déteste quelque chose ou quelqu'un, elle dit toujours : « Tobias ne peut pas le sentir ! » Tous ses amis trouvent la personnalité affirmée de Tobias hilarante.

Je vois mal ce que j'aurais pu faire contre ça. Alors je comptais les secondes en attendant l'arrivée de Star.

Georgina, Honey et leurs amies n'étaient pas des références pour moi. Mais j'en avais assez d'être le monstre de la classe, assez qu'on se moque de mon accent, assez qu'on me colle des Post-it désagréables dans le dos pour dire combien j'étais une catastrophe. Et puis je crois qu'il y avait une partie de moi qui voulait savoir quel effet ça faisait d'être membre de la bande des Divas, dont l'assurance à toute épreuve me repoussait et me fascinait à la fois.

C'est en bavardant avec l'assistant de ma mère que mon plan d'intégration m'est venu à l'esprit. Une fois surmonté son étonnement qu'on puisse se moquer de mon accent américain – « Mais ton accent est *so british*, mon cœur ! » –, il me donna quelques bonnes idées. Les assistants peuvent parfois se révéler de vrais sages.

Jay s'était vu confier la tâche de me chaperonner pendant les vacances de Pâques. Les assistants de ma mère étaient généralement de jeunes bimbos « côte-ouest » qui arpentaient les studios, leur portable collé à l'oreille, tandis que je les suivais partout comme un petit chien qu'on leur avait demandé de promener. Jay, lui, me parlait comme si j'étais une vraie personne et me laissait même conduire le kart de golf, ce que ma mère ne m'aurait jamais permis de faire.

Jay était vraiment désolé pour moi quand je lui ai raconté qu'il m'arrivait de m'enfermer dans un placard pour éviter de participer à certains repas ou à des fêtes où je savais d'avance que personne ne me parlerait. A voir son air apitoyé, j'avais dû noircir le tableau. Enfin, je suppose que ça arrive à tout le monde un jour ou l'autre de s'enfermer dans un placard pour échapper à quelque chose de pénible, même à Georgina (dans son cas, c'est plutôt pour échapper à la messe ou à ce genre de trucs rasoir).

Je suppose que j'avais oublié de préciser à Jay que mes parents m'avaient envoyée dans une pension anglaise pour que je reçoive la meilleure éducation possible. Je n'avais pas non plus mentionné les sacrifices que cela impliquait pour eux. Je n'avais pas signalé que nous habiterions dans un quartier plus sympa qu'East Hollywood, que nous aurions une piscine et une Mercedes comme tous les gens de leur entourage si la plus grande partie de leur salaire ne passait pas dans d'exorbitants frais de scolarité et dans les billets d'avion. De toute façon, il n'aurait pas compris, car aller en pension, ce n'est pas un truc américain, encore moins dans le milieu ultralibéral de Los Angeles.

Quand j'ai raconté à Jay que j'étais rejetée parce que j'étais américaine, parce que je n'étais pas riche et parce que je n'avais pas d'histoire de garçon à raconter, il a eu une idée de génie. Il fallait « inverser la vapeur » en me faisant passer pour le genre « philosophe revenue de tout » qui attire les garçons malgré elle, comme les héroïnes de *Sex and the City*.

C'était donc le trimestre où tout allait changer. Je ne serais pas conviée au bal des débutantes de la cour, je n'aurais toujours pas de vaste demeure à la campagne ni de pied-à-terre de 300 m^2 à Chelsea, mais ça ne m'empêcherait pas de plaire aux garçons, de préférence plus âgés.

La première chose à faire, d'après Jay, c'était de créer l'illusion que j'avais quelque chose d'irrésistible pour le sexe opposé.

– Hé, c'est super ! hurla Star qui finit par arriver, suivie de Ray, l'homme à tout faire de son père (enveloppé dans un halo puant de patchouli), qui portait sa malle. On y est finalement arrivées, après toutes ces années !

Elle s'adressait à moi, bien sûr, pas à Georgina qui détestait Star au moins autant qu'elle me détestait moi. Mais rassurez-vous, le sentiment était réciproque.

Georgina dévisagea Star d'un air ahuri tandis que celle-ci m'entourait de ses bras pour me saluer.

J'aime beaucoup Star.

Georgina fit semblant de s'évanouir à la vue de nos effusions puis commença à ranger ses coûteux vêtements de marque dans la minuscule armoire prévue pour nos affaires à toutes les trois.

Star recula pour mieux me regarder.

– Ma parole, mais tu as encore grandi ! Si seulement je pouvais être aussi mince que toi, Calypso.

Ah oui, j'avais oublié de vous dire mon prénom. Je m'appelle Calypso, Calypso Kelly. On ne peut pas rêver pire. C'est mon père qui l'a choisi. A ma naissance, ma mère l'a laissé décider tout seul pour qu'il se sente plus impliqué dans le « processus parental ». J'ai le sentiment que jusqu'à présent son implication s'est résumée à m'affubler d'un prénom ridicule et à m'expédier dans une lointaine pension.

Star est la seule fille de Saint-Augustin qui ne se moque pas de mon accent, toujours plus marqué au retour des vacances. Il semblerait que ce soit passé de mode d'être américain au XXIe siècle.

N'allez pas croire que je sois la seule Américaine de l'école. Il y en a d'autres, notamment un groupe de douze dans une des classes de seconde, qu'on a baptisées les « Apôtres de Manhattan » (à cause des douze apôtres de la Bible, bien sûr). Autant que je sache, personne ne se moque jamais de leur accent. Il faut dire qu'elles ne se mêlent pas aux autres élèves, même pas aux Américaines. Elles passent tout leur temps entre elles. D'après ce qu'on raconte, elles viennent du même collège de New York et leurs scolarités sont toutes payées par le père de l'une d'entre elles ; il ne voulait pas que sa petite fille chérie se retrouve toute seule dans une pension anglaise. C'est vrai, la pauvre ! Ce qui m'amène à vous parler du dernier accessoire PPP (Payé-Par-Papa) : les amies.

Une chose est certaine, mon père à moi n'est pas assez riche pour me payer des amies de ce genre. Il n'est même pas en mesure de me donner une somme d'argent de poche décente, ce qui m'oblige à acheter mes vêtements d'occasion aux filles qui revendent les habits de marque qu'elles ont à peine portés. A Saint-Augustin, le dicton « *Mi casa es tu casa* » (ma maison est ta maison) serait plutôt « Le fric de mon père est mon fric » ! Le moins qu'on puisse dire, c'est que mon père n'adhère pas à cette philosophie. Il clame haut et fort qu'il ne croit pas au fric !

– Tu ne peux pas ne pas croire au fric, lui ai-je dit à plusieurs reprises. Ça existe, comme les arbres, les fleurs et les petits oiseaux... Il y en a partout, du fric. Regarde les choses en face, nous vivons dans un monde de fric !

Ce à quoi il me répond invariablement que c'est possible, mais qu'il ne veut pas faire de moi une enfant pourrie gâtée. C'est sa tactique pour changer de sujet de conversation.

Ma mère, elle, trouve ça génial que j'achète mes vêtements d'occasion aux autres pensionnaires. C'est tout juste si elle n'applaudit pas. Peut-être parce qu'elle se préoccupe des questions environnementales ? En fait, c'est plutôt parce qu'elle est beaucoup moins riche que les parents des autres pensionnaires.

Ray a laissé tomber la malle de Star sur le lit en émettant un borborygme incompréhensible puis lui a tendu une liasse de billets de vingt livres.

– Tiger m'a dit de te donner un peu de fraîche.

Tiger, c'est le nom du père de Star. Ce n'est pas terrible, je vous l'accorde, mais au moins il ne demande pas à sa fille de l'appeler comme ça, lui.

Ray portait un pantalon de cuir moulant et un T-shirt noir sur lequel était inscrit ROADIE, devant et derrière. Ses longs cheveux noirs étaient attachés en queue-de-cheval qui lui tombait jusqu'aux reins. Ray jouait dans le groupe du père de Star, les Roadie, avant leur première séparation (un événement biannuel destiné à faire grimper les ventes à l'époque). Après la séparation définitive du groupe, Ray et les autres musiciens ont été embauchés par les parents de Star pour travailler dans le gigantesque domaine qu'ils avaient acheté dans le Derbyshire. Aujourd'hui, ils se produisent encore, une fois de temps en temps. Tout le monde remonte alors sur scène et retourne à ses tâches domestiques une fois le concert terminé.

Je suis déjà allée passer quelques week-ends chez Star. C'est toujours super, car personne ne nous surveille, pour la simple raison que tout le monde est stone.

Mon père est un inconditionnel des Dirge, le nom actuel du groupe de Tiger, et il trouve ça très bien que je puisse aller chez eux. Je l'ai même entendu s'en vanter auprès de ses amis de L.A. Mais s'il voyait comment ça se passe dans cette maison, je crois qu'il partirait en vrille. Et je ne parle pas uniquement de la course de quads à laquelle Star et moi avons participé.

Une fois, j'ai vu le père de Star s'écrouler de sa chaise au petit déjeuner. Tout ce que sa femme a trouvé à dire, c'est: «Tiger, tu pourrais éviter de faire ce genre de choses à table!» Et elle n'a même pas bougé pour voir s'il s'était fait mal.

C'était plutôt délicat. Je me voyais mal lui dire: «Salut! au fait votre mari est vautré par terre dans sa robe de chambre avec des céréales plein la figure. Vous ne croyez pas qu'il faudrait faire quelque chose?» C'était horrible, d'autant que son peignoir entrouvert laissait voir son pénis. Mais tout le monde a continué à manger ses toasts comme si de rien n'était. Quand nous sommes revenus pour déjeuner, il gisait toujours au même endroit.

Je ne toucherai jamais à la drogue. C'est moi qui vous le dis.

– Salut Ray! lança Star en lui tendant un billet de vingt livres.

L'homme froissa le billet entre ses doigts en le tendant à la lumière comme pour voir s'il s'agissait d'un faux, puis il lui tapa affectueusement sur l'épaule et prit congé en lui recommandant de ne pas abuser de la boisson ni de la drogue.

Mon premier faux petit copain . 3

– Charmant garçon, persifla Georgina qui feuilletait négligemment un numéro du *Tatler* assise sur son lit. (Depuis que sa photo avait paru une fois dans les pages people du magazine, elle en transportait toujours un exemplaire sur elle.) C'est ton nouveau petit copain ?

Star ricana avec mépris. Georgina ne l'intimidait pas. Elle éprouvait même un certain plaisir à se disputer comme une chiffonnière avec elle et ses copines quand celles-ci se moquaient d'elle, ce qui était fréquent.

Et dire que nous allions devoir partager la même chambre toutes les trois pendant un trimestre entier ! Autant essayer de la jouer cool si on voulait un peu de paix.

Pendant que Georgina lisait *The Tatler* et que Star défaisait sa valise, je commençai à punaiser négligemment sur le mur au-dessus de mon lit une photo de Jay et moi en train de faire un tour en kart dans les studios de la Paramount.

J'ai bien senti que Georgina essayait de regarder par-dessus son magazine quand j'ai commencé à punaiser la deuxième photo, un portrait plutôt glamour de Jay qu'il m'avait donné dans cette intention.

– Qui est-ce? demanda Georgina d'un ton faussement détaché tout en continuant à feuilleter son magazine.

Je fis semblant de ne pas avoir entendu la question et sortis ma pièce maîtresse, un gros plan de Jay et moi, sur lequel il me regardait avec des yeux de biche amoureuse. En enfonçant la punaise je me souvins du fou rire que nous avions piqué après avoir pris cette photo. Vous ai-je dit que Jay est gay?

– Mon Dieu! s'est écriée Georgina, incapable de feindre l'indifférence plus longtemps. Tu es vraiment sortie avec ce garçon?

Elle rampa jusqu'à mon lit pour examiner de plus près le beau visage de Jay tout en arborant une expression que je ne lui avais encore jamais vue. Je crois bien que c'était de l'étonnement.

Je me suis contentée de hausser les épaules. Ne rien laisser transparaître surtout, m'avait dit Jay! Ça faisait partie du plan. Et puis de toute façon, j'avais décidé de ne plus être un moulin à paroles et de la jouer secrète et mystérieuse comme les copines de Georgina. Encore une idée de Jay. Il dit que souvent «le moins est un plus». Je lui ai répondu que moins de Georgina et de Honey seraient effectivement un plus. Il a ri et m'a dit de lui faire confiance.

De toute évidence Georgina n'avait pas encore compris que j'étais devenue un être plein de mystère pendant les vacances de Pâques et me demanda à nouveau si le jeune homme de la photo était mon petit copain.

Star avait branché sa guitare électrique et chatouillait les cordes en essayant une composition de son cru. Elle vénérait un dénommé Morrissey – un musicien plutôt tristounet des années quatre-vingt qui sévissait à une époque où elle n'était même pas née – en hommage duquel elle composait des chansons, paroles et musique, dans lesquelles elle dénonçait sa vie de pauvre petite fille riche de rock stars célèbres et les après-midi tristes à mourir de la pension. Son père pense qu'elle est totalement géniale et la laisse enregistrer dans son studio. Il faut croire qu'il n'a pas remarqué que ces chansons pousseraient au suicide les personnes les plus optimistes.

Georgina regarda encore une fois mes photos et lâcha :

– Je n'arrive pas à croire que tu sois sortie avec un mec aussi mignon, chérie !

Je pris sur moi pour dissimuler mon étonnement. Georgina, Honey et les autres filles de la bande se donnaient toujours du « chérie », mais, moi, je n'y avais encore jamais eu droit. Était-ce une invitation à en faire autant ? J'aurais été bien incapable de le dire, car j'ignorais tout de l'étiquette. Je me contentai donc de hausser les épaules en arborant un air énigmatique.

Star cessa de jouer et se pencha pour examiner les photos de plus près.

– Moi non plus ! renchérit-elle de façon plutôt déloyale.

J'ai opéré un repli vers la salle de bains pour ranger les quelques affaires de toilette et de maquillage que je possédais. Pendant les vacances, j'avais réussi à transvaser un peu de vodka dans une bouteille de Body Shop en l'absence de mes parents, sachant par expérience que c'était le sésame indispensable pour pouvoir participer aux petites fêtes improvisées par les filles. Elles emportaient toujours des bouteilles de Body Shop quand elles se réunissaient dans le bois et je voulais être prête au cas où je serais conviée pour la première fois à me joindre à une des séances du club très fermé des Divas. Le placard étant déjà rempli par les innombrables bouteilles de Georgina, je posai la mienne sur la petite étagère au-dessus du lavabo.

– Calypso ! cria Star, c'est vrai ça ? Je veux dire, t'es vraiment sortie avec lui pendant ton séjour à L.A. ?

Star savait très bien combien mes vacances chez mes parents étaient ennuyeuses en général, puisque je me plaignais à chaque rentrée.

– Ben oui, bien sûr ! ai-je répondu d'un ton détaché, comme si des garçons plus âgés tombaient fous amoureux de moi tous les jours.

C'est alors que Georgina prononça les mots que je rêvais d'entendre depuis mon arrivée à Saint-Augustin :

– Dis donc, je le trouve très craquant. Calypso, je suis impressionnée. Oui, vraiment. IM-PRES-SION-NÉE.

J'avais tapé en plein dans le mille. Maintenant, je savais que, quoi qu'il m'arrive dans la vie, je pourrais toujours repenser à cet instant de pur triomphe. J'avais impressionné l'Honorable Georgina Castle Orpington – la moins impressionnable de toutes les filles de ma classe. D'abord, elle m'avait promue au rang de « chérie », et maintenant, ça ! Un petit film défila dans ma tête l'espace d'un instant : Georgina, sa bande de copines et moi, assises à table, Georgina, sa bande de copines et moi en train d'escalader la fenêtre de l'intendante, d'attraper le 23h23 pour Londres et de passer la soirée à l'Usine. Georgina et moi en train de nous épiler les jambes à la cire et de nous appliquer le masque facial du samedi soir. Georgina et moi en train de nous asperger les cheveux de Sun In...

A dire la vérité, je n'aimais pas vraiment Georgina, mais c'était plus fort que moi, je voulais lui ressembler. Et même aussi, être un peu comme elle. Parce que les filles comme Georgina menaient la grande vie. Parce qu'elles étaient toujours au cœur des choses et que, moi, j'en avais plus qu'assez d'être toujours à la périphérie de la vie. J'allais avoir quinze ans et je n'avais encore jamais été embrassée ! A présent, je voulais qu'on me respecte pour être acceptée dans le groupe des filles qui font bouger les choses.

Mais jamais je n'aurais imaginé que ce serait aussi simple. D'ailleurs, si j'avais su, je l'aurais fait depuis longtemps. Imaginez, trois malheureuses photos avaient suffi pour épater miss Georgina Orpington qui, jusqu'à aujourd'hui, ne m'adressait pas la parole si ce n'est pour tenter de me refourguer ses vieilles fringues à des prix exorbitants, ou pour me dire combien j'étais hors normes.

– Si, si... vraiment Calypso, reprit-elle en hochant la tête, je suis très impressionnée.

J'essayais de rester le plus naturelle possible.

– Tu viens fumer une clope dehors ? me demanda-t-elle sans même imiter mon accent, mais avec sa voix aristocratique comme si elle s'adressait à une des filles de sa bande.

– Euh, mais... c'est que, euh, je ne fume pas, ai-je répondu sans réfléchir, enfin je veux dire, plus. J'essaye d'arrêter. Tu sais, le cancer, tout ça.

J'ai toussé pour me donner un peu de contenance. Je suis vraiment douée pour me rendre ridicule quand je veux, même quand je ne veux pas d'ailleurs.

Georgina me dévisagea d'un drôle d'air, puis s'exclama de son ton snobinard :

– Tu as raison, chérie, il va falloir que j'y songe, moi aussi.

J'étais tellement étonnée par sa réaction que j'ai bien failli tomber à la renverse comme le père de Star !

– Eh bien moi, je vais devoir arrêter les survêtements, s'est exclamée Star, histoire d'interrompre mon tête-à-tête mondain avec Georgina. Ils envahissent ma vie ! a-t-elle ajouté en entassant son six centième survêt noir dans la minuscule penderie, avant de refermer la porte d'un coup de pied négligent.

Georgina dévisagea Star avec mépris de la tête aux pieds, puis des pieds à la tête. Elle était très forte à ça et possédait toute une gamme de regards assassins qui tuaient sur place. Les Divas étaient géniales pour vous faire perdre toute confiance en soi d'un seul coup d'œil.

Mais Star n'était pas du genre à se laisser impressionner facilement. Peut-être parce que son père était plus riche que ceux de Georgina et de sa bande de copines réunies, ou peut-être qu'elle s'en moquait vraiment.

Star a une maxime qui nous a toujours aidées à sauver la face dans les moments difficiles, notamment quand Georgina et sa clique nous décochaient leurs sempiternelles vannes : « En cas de problème, il faut adopter la gloss attitude? » D'après elle, la première chose que fait une fille quand elle est dans l'embarras ou qu'elle ne trouve pas ses mots, c'est de sortir son gloss. Alors, dès que nous étions angoissées, ou que quelqu'un nous disait une vacherie, nous attrapions notre gloss et nous en appliquions une bonne couche sur les lèvres pour sauver la face.

J'ai attrapé mon gloss, mais Star n'a rien remarqué. Elle était bien trop occupée à essayer de foudroyer Georgina du regard, qui, entre nous soit dit, offrait un mélange de renfrognement prémenstruel de la prof de gym et de rugissement d'un tigre. Plutôt effrayant!

Devant la résistance que lui opposait Star, Georgina la toisa en retour avec un de ces regards dont elle avait le secret. On aurait dit un duel à la fin d'un western.

J'admirais Star de tenir tête de la sorte à Georgina et aux filles parce que, moi, elles me terrifiaient. Pourtant elle n'avait pas autant confiance en elle que ça. Entre autres choses, elle était consciente de son poids – sans être bouboule, elle n'était pas une de ces grandes filles maigres typiques de Saint-Augustin. Non, c'était une fille de taille normale, de poids normal, avec une belle chevelure rousse (blond vénitien selon elle, mais tout le monde la traitait de « pain d'épice »).

Star disait toujours qu'elle enviait ma ligne. J'avais beau lui répondre qu'elle n'avait aucune raison de s'en faire car elle avait des beaux traits et une somptueuse chevelure, elle aurait bien troqué son physique contre le mien. C'est vrai que je suis grande (quoique plus dégingandée qu'élancée). Ma mère prétend que j'ai de magnifiques pommettes saillantes, mais les filles plus âgées me pincent souvent les joues en me disant que j'ai les plus adorables joues rondes qui soient. Je déteste ça.

– Ma pauvre Star, tu es vraiment nulle ! lâcha Georgina en chaussant ses lunettes de soleil Gucci (certainement pour se protéger les yeux des rayons nocifs que nous émettions).

Au moment où j'allais prendre la défense de Star (non pas qu'elle le souhaitât, car tout ce que j'aurais pu dire ne pouvait qu'aggraver son cas), quelque chose de surréaliste se produisit. Georgina se tourna vers moi et, me regardant à travers les verres fumés de ses lunettes, me demanda tout à trac :

– Je parie qu'il embrasse bien (elle parlait de Jay). Ça se voit à ses lèvres.

– Exact ! ai-je menti en réprimant un haut-le-cœur à la seule idée d'embrasser Jay, qui est mignon et tout, mais qui est tellement gay. C'est tout juste s'il ne marche pas sur la pointe des pieds en se dandinant.

Georgina a fait glisser ses lunettes sur le nez pour mieux m'interroger du regard. Il n'était pas méprisant comme celui dont elle avait gratifié Star. De toute évidence, elle était impressionnée par ma conquête masculine. Bon, j'exagère peut-être un peu, car Georgina n'est pas une novice. Au dernier bal de l'école, elle avait fait craquer cinq garçons ! Mais elle était épatée, ça oui !

Je me débattais pour enfiler ma couette dans sa housse quand Honey et Arabella ont fait irruption dans la chambre. A peine s'étaient-elles affalées sur le lit de Georgina qu'elle leur désigna les photos de Jay.

– Visez un peu ça, les filles. Calypso est sortie avec un vrai canon.

Elles se ruèrent sur mon lit pour examiner le spécimen de plus près.

– Waoouhhh Calypso, il est vraiment mignon! reconnut Arabella.

– Il s'appelle comment? demanda Honey perfidement.

– Euh... Jay.

– Jay???? gloussa-t-elle, l'air dégoûté. Mais c'est tragiquement américain, ça, comme prénom, reprit-elle d'une voix nasillarde censée imiter l'accent d'outre-Atlantique.

Les autres pouffèrent. Moi, bien entendu, j'étais devenue rouge écrevisse.

Star me regarda d'un air compatissant et commença à faire des gestes moqueurs dans leur dos. J'étais au bord du fou rire.

– Dis-moi, c'est ta couette de jeune fille qui lui a tapé dans l'œil? me demanda Arabella en voyant la housse Club'N avec laquelle je me débattais depuis un moment.

Maman me l'avait offerte pour ma première rentrée à Saint-Augustin. Bien sûr, aujourd'hui Club'N était passé de mode, mais à l'époque – j'avais onze ans – c'était hyper branché. Je me souviens que j'avais supplié ma mère de m'en acheter une. Le motif avait passé avec les lavages, mais on voyait encore très bien de quoi il s'agissait. C'était gênant. En plus, j'avais une couette en fibre synthétique pour un lit simple alors que toutes les autres filles avaient des duvets pour deux personnes en plumes d'oie.

J'aurais dû demander à ma mère de m'en acheter une autre pendant les vacances de Pâques, mais je n'avais pas eu beaucoup l'occasion de la voir au cours de mon séjour. J'aurais surtout dû inventer un nom plus classe pour Jay mais, tout à la joie du succès de ma stratégie, j'avais baissé la garde. Quelle triple idiote j'étais !

– C'est l'abréviation de James, j'ai ajouté, sous le coup d'une inspiration soudaine (James, c'est beaucoup plus chic que Jay, qui est un peu commun).

Les filles hochèrent la tête, visiblement satisfaites de mon explication.

Star s'affala sur mon lit avec les autres.

– Eh bien moi, pendant les vacances, j'ai bécoté un gars nommé Ruppert, a-t-elle annoncé, mais ma langue est restée coincée dans son appareil dentaire. C'était horriblement gênant.

– C'est toi qui es horriblement gênante, Star, s'écria Georgina, offusquée. Je n'arrive pas à croire que je vais devoir te supporter tout un trimestre. Enfin, je suppose que tu es née comme ça. Faut croire que tes parents étaient complètement stone le jour où ils t'ont conçue !

J'étais interloquée. Pas tant par sa méchanceté – que je connaissais depuis longtemps – mais parce que d'habitude ce genre de venin m'était réservé.

Star n'avait pas l'air d'y prêter attention. C'est ce que j'aimais chez elle. Malgré son nom et ses parents bizarroïdes, elle restait toujours très sûre d'elle-même. D'ailleurs, elle était persuadée que c'étaient Arabella et Honey, les aliens ici.

Honey partit de son petit rire perçant. Elle ressemblait à une hyène quand elle riait de la sorte, même s'il était évident qu'on lui avait fait des injections de Botox (pour rehausser ses arcades sourcilières) pendant les vacances. Elle avait déjà eu du collagène dans les lèvres à Noël.

Honey était une aristo complètement déjantée. A côté d'elle, Georgina et Arabella avaient presque l'air sympathique. Je crois même qu'elles trouvaient parfois que Honey en faisait trop. Mais le père de Georgina et le père biologique de Honey fréquentaient les mêmes chasses et elles avaient dû partager la même chambre d'un hôtel chicos de Chelsea pour bambins argentés nommé le Pippa Pops Inn. A quatre ans, elles descendaient dans la vaste demeure de Hill House, à Knightsbridge, où le prince Freddie, son père, le prince George et tous les petits-enfants de la famille royale avaient leurs habitudes. Georgina et Honey avaient même appris à skier ensemble en Suisse. Alors, quand quelqu'un émettait une critique sur le comportement de Honey, Georgina se dressait aussitôt pour prendre sa défense.

La mère de Honey était une belle femme très connue qui présentait une émission sur les maisons des célébrités sur une chaîne du câble. Elle avait eu Honey à dix-sept ans et avait encore l'air d'être sa sœur.

Georgina avait une classe naturelle, mais Honey n'était qu'une parfaite peste. Elle ne cessait de harceler son amie de remarques sur son poids et son apparence alors que Georgina était superbe et mince. D'ailleurs tout le monde savait que Georgina avait un problème avec la nourriture depuis le divorce de ses parents.

A vrai dire, presque toutes les filles avaient des troubles alimentaires à Saint-Augustin, et pas seulement parce qu'on nous servait des cochonneries à manger. Les cas d'anorexie avaient pris une telle ampleur que les bonnes sœurs contrôlaient les plateaux à chaque fin de repas pour vérifier qui mangeait quoi. Celles qui sautaient deux repas de suite étaient aussitôt convoquées à l'infirmerie, où sœur Dempster leur expliquait les dangers de l'anorexie pour leur santé.

Il y a un an, Georgina avait fait une crise de boulimie au moment du divorce de ses parents. D'après Star, l'anorexie et la boulimie sont des moyens inconscients d'affirmer un contrôle sur quelque chose quand on a le sentiment que tout le reste vous échappe. Quand Star nous a expliqué que ces maladies provoquaient la perte de cheveux et un assèchement précoce de la peau, Georgina lui a demandé d'aller se faire voir. Mais il faut croire qu'elle avait touché une corde sensible, car, les jours suivants, la belle cessa de bouder ses repas. Georgina a de somptueux cheveux longs, très épais et je suis sûre qu'elle détesterait les perdre.

– Je vais fumer une clope. Des amateurs? interrogea Star en fourrant une poignée de cigarettes dans son soutien-gorge et un flacon de Febreze dans son sac.

Les fumeuses se munissent toujours de Febreze dont elles s'aspergent pour dissiper l'odeur de fumée après avoir commis leur forfait sur les courts de tennis. Elles s'approchent ensuite d'une non-fumeuse, moi par exemple, et lui demandent : «Ça sent toujours?» Je dois alors les renifler scrupuleusement pour vérifier que toute trace olfactive de nicotine a bien disparu. Et si par malheur un professeur découvre le pot aux roses, c'est moi qui en fais les frais.

J'enviais Star de fumer. Tout le monde fume à Saint-Augustin, même les bonnes sœurs. J'avais bien essayé une fois, mais c'était au retour d'un tournoi d'escrime et, comme je n'avais rien mangé, ça ne m'avait pas vraiment réussi. Depuis je n'ai pas insisté. De toute façon, je n'y tiens pas vraiment, car ça nuirait à ma santé et surtout ça me gênerait pour l'escrime. Je ne l'ai pas encore dit à Star, mais j'adore vraiment l'escrime, et mon rêve c'est de faire un jour partie de l'équipe olympique.

Les fumeuses sortirent de la chambre, me laissant à mes rangements. Je m'apprêtais à descendre mon matériel d'escrime dans l'armurerie quand Clémentine Fraser-Marks a déboulé.

– Oh, c'est toi, dit-elle, l'air déçu. Euh... Euh... Tes vacances se sont bien passées?

– Oui, très bien, ai-je répondu comme si je pensais que ça l'intéressait.

– Super. Tu ne saurais pas où est Georgina, par hasard ?

– Au tennis.

– Parfait. Merci.

Je sentais au ton de sa voix que le simple fait d'être seule avec moi dans la pièce la mettait mal à l'aise. Mais sa bonne éducation l'empêchait de rien faire paraître.

– Vous êtes dans la même chambre ?

– Ouais !

– Cool. Au fait, Antoinette vend des « écoutes » si ça t'intéresse.

– Cool.

– C'est ton petit ami ? me demanda-t-elle en me montrant la photo sur le mur.

– A ton avis ?

– Pas mal. Il fait assez adulte.

– C'est vrai... C'est parce qu'il est plutôt du genre adulte dans sa tête, tu vois.

– Ouah ! Au fait, pour les « écoutes », c'est Blake du groupe Cell. Aujourd'hui elle ne prend que cinquante cents parce que c'est le jour de la rentrée.

Cell était le groupe le plus chaud du moment. Ils avaient déjà deux tubes à leur actif et avaient avoué avoir pris de la coke. Blake, le chanteur du groupe, était le frère d'Antoinette.

C'est une coutume de Saint-Augustin de faire payer pour écouter les messages laissés sur les répondeurs des portables par la famille, les petits amis ou des gens célèbres. Plus les interlocuteurs sont connus, plus c'est cher! On appelle ça des «écoutes». C'est comme ça que Georgina s'est fait une fortune après le bal de fin d'année en faisant écouter à tout le monde les messages laissés par ses cinq soupirants. Il y avait la queue jusqu'en bas des escaliers.

Jay avait promis de me laisser un message sur mon portable. Je commençais à croire qu'il était vraiment mon petit copain.

Un sport de roi. 4

Sur les vingt filles qui pratiquaient l'escrime à Saint-Augustin, seules trois maniaient le sabre: Star, Portia et moi. A part nous, aucune d'entre elles ne prenait l'escrime vraiment au sérieux, ce qui explique que je me sois retrouvée capitaine de l'équipe. Elles en faisaient uniquement parce que c'était la seule opportunité, avec le théâtre, de rencontrer des garçons pendant les heures de cours. Ici, les sports prisés étaient plutôt tennis, crosse et équitation.

J'adorais l'escrime, et à quatorze ans je me retrouvais cinquième de ma catégorie en Grande-Bretagne. C'est ma mère qui avait eu l'idée de me mettre à cette discipline quand je fréquentais le lycée français de Los Angeles. J'étais très jeune à l'époque et je n'avais pas eu le choix. Mais je ne regrettais pas, même s'il était trop tard pour aller faire le pitre sur un cours de tennis aujourd'hui.

Je dis ça, mais en ce qui me concerne, je considère qu'il n'est jamais trop tard pour faire le pitre.

Star a tout de suite flashé sur notre maître d'armes, Arthur Sullivan. Nous n'en avons jamais parlé, mais je sais que sa flamme est toujours aussi vive. C'est quelqu'un de sympa (même si la rumeur prétend qu'il lui arrive de porter des cravates) mais une vraie antiquité : il a au moins trente-cinq ans ! Il conduit quatre Jaguar (pas toutes en même temps, évidemment !). Une de course, verte, une bleu ciel, une noire et une gris métallisé. C'est un homme très chic qui n'enseigne l'escrime que par amour de l'art. Bref, il est absolument plein aux as.

Maître Sullivan nous parle en français pendant l'entraînement. Il pense que ça nous aide à nous concentrer. D'après lui, « l'escrime est une forme physique des échecs, une joute intellectuelle entre deux corps ».

Il nous raconte toujours ce genre de trucs... et toujours en français, bien sûr. Une fois, il nous a emmenées chez Star lors d'une permission (dans la Jaguar bleu ciel), et durant une nanoseconde nous avons été l'objet de toutes les jalousies (être conduites à Londres dans une Jaguar par un des professeurs de l'école vous confère un statut inestimable, même si le prof n'est pas terrible).

Ce week-end-là, nous avons eu la maison de Chelsea pour nous toutes seules, car les parents de Star ont oublié de venir. Star pense qu'ils étaient probablement trop stone. Je suppose qu'elle avait l'habitude. En tout cas, ça voulait dire qu'on pouvait faire tout ce qu'on voulait.

J'aimerais vous dire qu'on a organisé une fête d'enfer avec des mecs canon et de l'alcool qui coulait à flot, mais en réalité nous étions douze, l'ambiance était mauvaise, et nous nous sommes contentés de nous goinfrer de bonbons pendant que Star s'offrait le luxe de fumer sans s'asperger de Febreze.

Le samedi soir, nous sommes allées au cinéma et, grâce à un bon maquillage, avons réussi à voir un film interdit aux moins de quinze ans. Ensuite, nous avons traîné un peu sur King's Road ; c'est là que les étudiants se rendent pour draguer, le week-end. Ils descendent et remontent l'avenue d'un air dégagé tout en s'observant du coin de l'œil et finissent par s'asseoir dans un pub. Tout ce que nous avons réussi à faire, Star et moi, c'est engager la conversation avec un SDF accompagné d'un chien hirsute nommé Ralph, que nous avons gavé de bonbons !

J'adorerais avoir un chien, ou tout autre animal, rien que pour le plaisir de le caresser et de le nourrir de sucreries. L'école nous autorise à avoir des petits animaux à condition qu'on les ramène chez soi pendant les vacances. Mais je me vois mal transbahuter un lapin chaque fois que je retourne à L.A. D'autant que la douane ferait main basse sur la pauvre bestiole pour la mettre en quarantaine chaque fois que je poserais le pied sur le sol anglais.

Star avait un rat nommé Hilda et un python qu'elle avait baptisé Brian. Les reptiles n'étaient pas autorisés dans l'enceinte de l'école, mais la direction crut bon de faire une exception pour Star, étant donné le montant de la donation qu'avait faite son père pour la construction du nouveau bâtiment de musique. Georgina et Honey avaient prévenu Star qu'elles la poursuivraient en justice si jamais Brian s'avisait de toucher un seul poil de leurs lapins, Arabesque et Claudine. Je dois avouer que moi non plus je n'étais pas trop fan de Hilda et Brian. Mais par amitié pour Star, je faisais semblant de m'y intéresser et demandais même à prendre Hilda, quand on leur rendait visite dans l'enclos.

– J'ai peur qu'Hilda ait attrapé froid, s'est inquiétée Star pendant que nous nous échauffions sur la piste d'escrime.

La salle d'armes était le bâtiment le plus récent du complexe sportif. Elle ressemblait à un court de squash en beaucoup, beaucoup plus grand. Les murs étaient recouverts de masques, de vieux fleurets et de photographies des équipes qui avaient gagné des tournois.

– Pauvre Hilda, ai-je dit de ma voix la plus compatissante.

Star était obsédée par l'idée que son rat attrape une infection alors que c'était l'animal le plus sain de tout l'enclos. Elle parlait sans cesse de lui comme s'il était doux et gentil, or ce n'était qu'un rongeur vicieux aux yeux globuleux.

Chaque fois que nous rendions visite à Hilda, il fallait lui faire avaler des gouttes vitaminées. Régulièrement, elle me mordait quand j'écartais ses vilaines petites dents jaunes pour permettre à Star de faire couler le précieux liquide dans la gorge.

– Oui, je crois bien qu'elle a éternué quand je suis allée la voir à l'heure du déjeuner, dit-elle tristement en s'allongeant sur le sol pour faire des exercices d'élongation.

– La pauvre !

Les garçons de Eades College étaient venus disputer un tournoi interécoles. Les filles de l'équipe de Saint-Augustin étant bien trop occupées à flirter pour s'échauffer, Star et moi étions les seules à nous donner en spectacle avec nos sauts en hauteur et nos étirements sur la piste de quatorze mètres où devaient se dérouler les assauts. Rien d'étonnant, puisque la plupart des filles étaient là pour les garçons. Je pense aussi qu'elles n'ignoraient pas que le costume blanc d'escrimeuse était plutôt flatteur pour les grandes filles sveltes.

Les garçons, eux aussi, étaient là pour les filles. Le roi des sports, à Eades, c'était le rugby, et seuls quelques garçons prenaient l'escrime au sérieux. Eades étant l'école de collégiens la plus sélecte du pays, et même peut-être du monde, les têtes couronnées et les milliardaires de toute la planète y envoyaient leur progéniture pour qu'elle y reçoive une éducation élitiste de premier ordre. Il en était de même pour quelques individus fortunés qui avaient eu le mauvais goût de faire fortune de leur vivant (ce qui, selon les critères de Eades, était terriblement commun, voir vulgaire) en faisant des choses pas toujours très « nobles ».

L'école existait depuis plusieurs siècles, ce qui excusait les traditions saugrenues qui y avaient cours comme faire porter aux pensionnaires des queues-de-pie, de drôles de chemises à cols rigides et des sortes de rubans autour du cou. Un grand nombre de filles de Saint-Augustin avaient des frères à Eades, ce qui rehaussait leur statut, enfin seulement s'ils étaient plus âgés.

Honey prétendait que Eades avait beaucoup baissé depuis l'époque de son père, que c'était devenu un ramassis de plébéiens et de fils d'épiciers enrichis de l'East End, désignés sous le sobriquet de Kev. Quand j'ai expliqué à mon père que Kev, c'était l'abréviation de Kevin, prénom très populaire en Angleterre que les snobs utilisaient pour désigner les gens de condition modeste, il m'a sorti son laïus de gauche caviar outragé. Franchement, je me demande pourquoi ils m'ont immergée dans ce milieu hyper élitiste s'ils ne supportent pas que j'adopte leur jargon élitiste !

Eades et Saint-Augustin n'étant distantes que de trois kilomètres, les deux écoles partageaient les compétitions d'escrime et les représentations théâtrales. Bien que personne ne prenne vraiment très au sérieux ces activités, tout le monde était très attentif à la mixité qu'elles engendraient.

Il était de notoriété publique que l'équipe d'escrime de Eades était nulle, même si elle disposait d'un important vivier de talents. La plupart des équipiers bavardaient avec les filles, sauf quelques-uns d'entre eux (surtout les Européens et Billy, le capitaine des sabreurs) qui s'échauffaient en face de nous.

Je fus surprise de constater que l'un d'eux était le prince Freddie. Tout le monde savait qu'il pratiquait l'escrime, mais j'ignorais qu'il aimait ça. Je pensais que, comme les autres, il était là pour les filles.

Freddie était l'héritier du trône d'Angleterre en second, après son père, le prince George. Bien sûr les filles avaient toutes les yeux rivés sur lui. Et de toute évidence, ces marques d'attention ne lui déplaisaient pas, même s'il prenait soin de ne rien laisser paraître.

Des gardes du corps le surveillaient à distance. Malgré leur tenue vestimentaire passe-partout, on les reconnaissait à cent mètres à la ronde avec leurs cheveux coupés en brosse, leur musculature surdéveloppée et leurs oreillettes. Personne n'était dupe. Mais les gardes du corps présents dans la salle d'armes n'étaient pas tous là pour le prince Freddie. Il faut dire qu'il y avait plus de têtes couronnées à Eades que de diadèmes à un bal des débutantes. Et puis il y avait des gens célèbres qui, eux aussi, avaient recours à leurs services. Apparemment, le prince Freddie se contentait de deux gardes du corps, chose surprenante, étant donné la pression médiatique qui pesait sur lui.

D'après Honey, certains Kev employaient des gardes du corps pour les exhiber comme on fait étalage d'une montre en or ou d'une bague en diamant, juste pour montrer l'étendue de leur fortune. Il faut croire que les garçons aussi ont des problèmes de standing !

On finit par s'habituer à voir des gardes du corps papillonner autour des pensionnaires de Eades. Certaines filles de Saint-Augustin aussi faisaient l'objet d'une surveillance rapprochée, mais leurs gardes du corps étaient en général beaucoup plus discrets. Je ne pense pas que les bonnes sœurs adorent les voir traîner dans l'école.

A la fin de l'échauffement, le président commença à désigner les tireurs pour les assauts. J'avais déjà vu le prince Freddie manier l'épée sans grand brio, aussi fus-je étonnée quand on appela nos deux noms.

Flirt avec un prince . 5

Le président appela Freddie en premier. Je ne pus m'empêcher de penser qu'il était plutôt mignon en le regardant descendre pour prendre place sur la ligne de garde. Pas seulement mignon, mais TRÈS mignon. Il avait grandi depuis le dernier trimestre et me dépassait à présent de plusieurs centimètres. Il était beaucoup plus décontracté et n'arborait pas, cette fois, un énorme bouton d'acné au beau milieu du front.

Tout en sachant que j'allais le battre à plate couture, je commençais à me sentir nerveuse. Je me suis même mise à rougir tellement je le trouvais... euh... craquant, il n'y a pas d'autre mot. Dieu merci, le masque allait dissimuler mon visage cramoisi.

Pour le sabre, il faut porter une veste métallique par-dessus la veste habituelle, afin d'arrêter la lame en cas de mauvais coup et éviter qu'elle ne touche des organes vitaux. C'est la seule arme tranchante qu'on utilise en escrime et, même si les tireurs ne sont pas censés blesser leur adversaire, dans la pratique, l'arme est d'un maniement assez traître ; elle est agressive, ce qui rend les matchs plus impressionnants à regarder. La plupart des sabreurs aiment utiliser leur arme à fond. C'est pourquoi les assauts sont fatigants.

Nos équipiers nous ont aidés à fixer au dos de nos vestes les capteurs électroniques qui, grâce à l'appareil accroché au plafond auquel ils sont reliés, permettent d'enregistrer les touches valables, qu'ils annoncent à l'aide d'un signal sonore et d'une lumière verte.

Nous avons d'abord salué l'arbitre, puis nous nous sommes salués mutuellement en portant le sabre à notre bouche avant de prendre la position « en garde ». Chaque fois que je salue mon adversaire avant un match, je me demande pourquoi les duellistes d'antan s'imposaient toutes ces politesses alors qu'ils allaient essayer de se tuer l'instant d'après. Mais voilà, c'est comme ça... « Taratata », comme dirait sœur Regina.

Nous avons mis nos masques et avons attendu que l'arbitre lance le « Prêts ? Allez ! » de départ. Je me suis avancée la première, imaginant que le prince, peu alerte au sabre, attaquerait ou se retirerait. Mais au lieu de cela, il a riposté sur ma défense. Malgré ma surprise, j'ai répondu par une attaque rapide et marqué le point. Le signal sonore a retenti et l'arbitre a annoncé ma touche.

Les poignées des sabres sont équipées de capteurs qui permettent de valider les touches. Seuls les coups portés par le tranchant, le plat ou le dos de la lame (coups de taille ou de contre-taille) sur les surfaces valables sont comptés comme touches, tous les autres étant considérés comme nuls. Les choses se déroulant très vite lors d'un assaut, il est souvent difficile pour les tireurs de savoir si une touche est valable ou non sans l'avertissement du signal sonore et le « Halte ! » de l'arbitre. Chaque assaut dure environ cinq minutes de combat effectif, mais cela semble toujours une éternité.

Freddie marqua le point suivant avec une attaque simple, une quinte : il me menaça d'un coup de taille à la tête puis esquiva la parade en faisant pivoter son sabre pour venir me toucher sur le côté. « Une vieille technique en or », comme dit souvent maître Sullivan.

Freddie avait un excellent équilibre et une assez bonne coordination, mais il manquait encore d'agilité du poignet (inhabituel pour un garçon) pour esquiver mes attaques composées et mes parades. Le professeur Sullivan n'avait pas tort en disant que l'escrime est semblable aux échecs. Sauf que tout va tellement vite qu'il faut une concentration extrême. Ça peut se révéler très difficile quand votre adversaire est un superbe spécimen du sexe opposé. Ainsi, pendant que je m'imaginais l'espace d'une seconde dans un corps à corps avec Freddie (chose totalement interdite au sabre), il marqua le point suivant.

Tous les autres assauts furent pour moi. Même si, pour être honnête, Freddie se défendait très honorablement, exécutant des parades et des esquives tout à fait astucieuses. Mais, comme le dit Star : « Tu peux faire autant de parades et de ripostes que tu veux, au sabre, il n'y a que l'attaque qui paye. » Il est vrai que c'est souvent le tireur le plus agressif qui l'emporte, surtout à notre niveau. En tout cas, ce jour-là j'étais remontée à bloc et j'ai marqué presque tous les points.

– Bravo, me félicita Freddie en me serrant la main après le dernier assaut.

Il avait enlevé son masque, révélant de superbes yeux bleu pervenche et des cheveux noirs comme l'ébène.

J'ôtai mon masque à mon tour, laissant échapper mes mèches rebelles qui, je n'avais pas besoin de miroir pour le savoir, formaient des petites cornes blondes sur mon front.

– Euh… merci. Bien joué toi aussi.

– Au fait, je m'appelle Freddie.

Comme si je ne savais pas que l'héritier en second de la couronne britannique, le chouchou de la presse people internationale, s'appelait Freddie. Il s'imagine que je viens de débarquer de la planète Mars ou quoi ?

– Moi, c'est… Calypso, susurrai-je.

Mon Dieu, faites qu'il n'entende pas mon prénom, je vous en supplie, faites qu'il ne remarque rien. Pourquoi faut-il que j'aie un prénom aussi stupide ?

Nous nous sommes regardés en souriant bêtement tandis qu'on débranchait nos capteurs électriques. Il faut croire que Dieu m'avait entendue, car Freddie a continué la conversation sans mentionner mon prénom.

– Tu étais terrifiante ! Tu m'as littéralement lessivé !

– Euh... merci.

– Tu dois être du genre plutôt « tranchante » comme fille, non ? ajouta-t-il d'un ton narquois.

Je rêvais ou il me draguait ?

– Merci, ai-je répondu bêtement. Je ne savais pas que tu faisais du sabre.

– A vrai dire, ça ne fait pas très longtemps que je m'y suis mis. D'où ma maladresse, peut-être ?

– Je trouve que tu te défends plutôt bien. Tes parades n'étaient pas si mal, et tes ripostes étaient... comment dire... impressionnantes.

Je commençais à m'engluer lamentablement quand soudain, Honey, Arabella et plusieurs filles de l'équipe qui avaient fini leurs matchs sont arrivées.

– Waouhhh Calypso, c'était incroyable, bravo ! cria Arabella, tandis que les autres s'abattaient sur le prince Freddie comme des mouches sur un pot de miel, en m'éjectant hors du cercle.

Comme si elle m'avait regardée !

Elles papillonnaient si fort des cils autour du jeune prince que j'ai bien cru qu'elles allaient se décrocher les paupières. Je profitai de la distance pour observer discrètement Freddie. Il bavardait amicalement, de cette façon à la fois charmante et déférente si typique des gens de son monde. Un frisson me parcourut de la tête aux pieds. C'était sûrement la soif. Je décidai de laisser les précieuses à leur prince et d'aller me chercher quelque chose à boire.

Star enfilait son plastron.

– Super assaut, Calypso. Freddie s'est bien défendu aussi. Je l'avais trouvé plutôt tragique au tournoi de l'an dernier, mais là il a assuré. Je ne savais pas qu'il faisait du sabre.

– C'est vrai, il se débrouille bien.

– N'empêche que tu l'as battu, répondit-elle en éclatant de rire. Au fait, tu ne veux pas venir avec moi jusqu'à l'enclos après mon match ? Je m'inquiète pour Hilda, elle avait les yeux tristes et vitreux ce matin.

– Si tu veux.

J'avais dit oui, mais j'aurais mille fois préféré rester un peu bavarder avec Freddie.

Quand tous les matchs ont été presque terminés et que le thé a été servi, Freddie s'est approché de moi. Comme il était toujours encerclé par Honey et ses amies, nous n'avons pas eu l'occasion de parler. Nous regardions Star mettre à bas un membre de l'équipe du prince. A un moment, j'ai tressailli croyant qu'il me regardait, mais en fait il avait quelque chose dans l'œil.

Honey s'est jetée sur lui pour l'aider.

Finalement, Star m'a tirée hors de la pièce avant que j'aie eu la moindre chance d'adresser la parole à Freddie, ni même de lui dire au revoir. Lorsque nous sommes arrivées à l'enclos, j'ai cru que j'allais l'étrangler; Hilda se portait comme un charme et tournait dans sa roue comme un satellite fou en orbite.

Il a quand même fallu lui faire des caresses.

Soirée paradisiaque et duvet d'enfer . 6

Ce soir-là à l'étude, je fus incapable de penser à autre chose qu'à Freddie. J'ai même dû me forcer pour m'arrêter de griffonner son nom sur toutes les pages de mon cahier. Tout le monde était bizarrement gentil avec moi et j'ai été invitée à une petite soirée surprise dans la chambre de Clémentine, Arabella et Honey, avec Georgina et Star. Ce genre de réunion était une pratique courante dans l'école, mais auparavant, Star et moi n'y avions jamais été conviées. Nous allions nous rendre visite dans nos chambres respectives sans savoir ce qui se passait dans les autres.

Star et moi avons échangé un regard dubitatif quand Arabella et Honey ont fait irruption pour nous inviter toutes les trois. Je me suis mordu la lèvre inférieure de peur que Star ne les envoie au diable. Mais au lieu de ça, elle a haussé les épaules, façon «pourquoi pas?», et nous les avons suivies dehors.

Georgina a commandé une pizza au Pizza Express de Windsor, chose tout à fait interdite mais que tout le monde faisait car il était impossible de survivre en ne mangeant que la nourriture infâme servie au réfectoire. Ce n'était pas difficile de faire entrer clandestinement le livreur de pizzas dans l'école, et ensuite, pour ne pas être prises, il suffisait de déchirer la boîte en petits morceaux et de disperser les bouts de carton dans toutes les poubelles de l'école.

Une fois installées en tailleur par terre, nous avons étalé nos victuailles au milieu de la chambre. Tout le monde fut très impressionné par la variété de bonbons que j'avais rapportés. Jay m'avait emmenée dans une boutique très branchée de Beverly Hills où j'avais choisi tout ce qui me paraissait étonnant.

– Calypso, ma chérie, ces Hershey's Kisses sont divins ! s'exclama Georgina.

– Moi c'est les Pixie Sticks, renchérit Star en aspirant le sucre d'un des tubes qu'elle venait d'ouvrir.

J'avais envie de leur dire que c'était Jay qui les avait achetés pour moi, ce qui n'était pas faux, mais pour une raison inconnue je ne voulais plus leur parler de lui. Peut-être parce que j'avais peur d'en faire trop à son sujet, ou peut-être parce que je n'arrêtais pas de penser à Freddie. Il était tellement beau dans son costume d'escrimeur ! J'aimais particulièrement ses cheveux : longs mais pas trop flottants comme chez certains pensionnaires de Eades, avec une mèche sur le dessus qui tenait sans gel (Dieu merci, je hais le gel).

Nous nous sommes échangé des masques pour le visage confectionnés à base de porridge, de bananes, de miel et de tous les ingrédients possibles et imaginables qu'on avait pu dégoter à la cuisine. Georgina m'a même proposé de m'épiler les jambes à la cire ! Star a roulé les yeux d'étonnement, mais moi j'étais au septième ciel. Au point que j'ai même réussi à étouffer un hurlement de douleur quand elle m'a arraché la moitié de la jambe en tirant d'un coup sec sur la bande de cire tiède. Star a laissé Clem lui faire des frisettes au fer puis elle lui a tressé les cheveux. C'était très réussi.

– Tu es superbe, s'est écriée Arabella en regardant Clem.

Et c'était vrai. Avec sa longue tresse noire qui lui tombait dans le dos, on aurait dit une vraie bohémienne. J'étais fière de Star.

Les propriétés des parents de Star et de Clémentine n'étant pas très éloignées, elles faisaient souvent la route ensemble les week-ends de sortie.

En les regardant s'amuser, j'ai compris pourquoi Star ne s'était jamais sentie comme une étrangère ici, contrairement à moi. Elle avait grandi dans ce milieu. Elle avait fréquenté les mêmes écoles maternelles que toutes ces filles. Elle parlait la même langue. Pour Star, le problème n'était pas d'être dedans ou dehors, mais de refuser ou pas le système. Et ce soir-là, moi, j'avais l'impression d'avoir débarqué dans un monde inconnu, le monde de l'élite et du privilège.

Un peu plus tard dans la soirée, nous sommes descendues jusqu'au labo de sciences pour voler des préservatifs afin de nous entraîner à les enfiler sur des bananes, comme on nous l'avait montré au cours d'éducation sexuelle. Pour l'enseignement de cette discipline un peu, disons, hors programme pour les sœurs de Saint-Augustin, elles avaient dérogé au règlement en demandant à une enseignante d'un collège voisin de venir nous édifier sur les choses de la vie. Il était hors de question qu'une religieuse se commette à dérouler un latex sur une banane – quoique la scène eût été plutôt cocasse. Je suppose que l'un de nos professeurs aurait pu se charger de cet enseignement, mais il est probable que les parents très catho en auraient fait des gorges chaudes. Cette délicate mission fut donc confiée à Mrs. Argos.

Je n'avais jamais été invitée à une soirée bonbons-institut-de-beauté jusqu'à aujourd'hui ; en tout cas, je ne m'étais jamais fait épiler les jambes par quelqu'un d'aussi classe que Georgina, laquelle était désormais la seule personne de l'école, hormis Star, à ne pas s'être moquée de moi et de mon accent pendant aussi longtemps.

Star n'arrêtait pas de me regarder en roulant des yeux comme pour dire « je me demande ce qu'on fait ici ? », mais je fis semblant de ne rien remarquer.

– J'ai hâte de faire ça avec Freddie, annonça Honey qui s'exerçait sur une banane.

– Tu plaisantes ? répliquai-je sans réfléchir.

L'idée même de Honey et Freddie ensemble m'horrifiait, mais surtout, je n'avais pas compris que les filles de mon année n'étaient jamais allées aussi loin avec un garçon; à part Lucy peut-être, qui faisait partie des «drogués» de l'école, ce qui n'était pas le cas de Georgina & Co. Le bruit circulait qu'elle avait couché avec un garçon du village voisin; se commettre avec la population locale était ce qu'on pouvait faire de pire à Saint-Augustin. En tout cas, ce n'était certainement pas aussi désastreux que de ne jamais séduire personne.

– Pourquoi pas? reprit Honey, je suis sûre que vous avez toutes remarqué qu'il n'avait d'yeux que pour moi l'autre jour. Il m'a posé un tas de questions sur mes vacances au Kenya de l'année dernière. Il faut dire que nous avons tellement d'amis communs. Je suis sûre qu'il voulait m'inviter, mais c'est difficile, vu qu'il ne peut jamais être seul une minute... C'est comme la fois où nous sommes allées en boîte, tu te souviens Georgina, tout le monde me demandait si j'étais mannequin.

– Je me souviens que tes cheveux étaient d'une beauté irréelle ce jour-là, ma chérie, répondit Georgina qui appliquait du rimmel sur les cils de Clémentine.

– Ça serait vraiment top si tu sortais avec le prince Freddie, soupira Clémentine d'un air songeur en essuyant une goutte de mascara qui avait coulé sur sa joue.

– Mais... est-ce que tu? enfin, tu vois ce que je veux dire, est-ce que tu le ferais avec lui? demanda

Star de façon assez inattendue, considérant qu'elle n'avait pratiquement jamais adressé la parole à Honey depuis qu'elle fréquentait Saint-Augustin.

Tous les regards convergèrent vers Star comme si elle débarquait de la planète Mars.

– Atterris un peu ma vieille, on parle du prince Frederick, l'héritier du trône d'Angleterre ! lui rappela Honey en la regardant avec stupéfaction.

– Mais s'il te proposait de le faire, est-ce que tu... accepterais ? insista Arabella. C'est un sacré pas à franchir.

Elle éclata de rire en constatant que le préservatif avec lequel elle martyrisait une pauvre banane depuis un moment venait d'exploser.

– Il paraît que Lucy a déjà été « jusqu'au bout », lança Clémentine.

– Pas étonnant, cette fille est une traînée. Elle coucherait avec Morton s'il le lui demandait ! fit remarquer Georgina d'une voix sans appel.

Morton est le gardien octogénaire de la pension.

– Alors ? tu vas essayer de sortir avec Freddie au prochain bal ? demanda Georgina en la taquinant du bout de son orteil.

– Je crains de ne pas avoir le choix, soupira Honey, comme si la perspective d'embrasser le jeune prince était un calvaire.

– Moi, j'ai eu l'impression qu'il en pinçait un peu pour Calypso, lança Star en m'adressant un large sourire complice, pas vous ?

Là, je suis devenue rouge écrevisse.

Si on me soupçonnait de tourner autour d'un

garçon sur lequel Honey avait jeté son dévolu, j'étais fichue.

– Pfitttt, n'importe quoi ! rétorqua Honey d'un ton méprisant, en rejetant machinalement sa tresse blonde de top-modèle en arrière. Tu imagines sérieusement un membre de la famille royale avec une Américaine ?

Sur ce, elle émit un petit rire sardonique que les autres imitèrent bientôt, à l'exception de Star.

Star a sorti son gloss. Moi aussi.

– Et qu'est-ce que vous faites de cette Américaine pour laquelle le prince Edward a renoncé au trône ? demanda Star qui n'avait pas déclaré forfait. Mrs. Simpson, c'est ça ? Il l'a épousée, si ma mémoire est bonne.

– C'est bien ce que je disais, rétorqua Honey.

Je croyais rêver : elles étaient en train de me comparer à cette vieille momie ridée comme un pruneau.

– Écoute Calypso, je ne voudrais pas être désagréable, reprit Honey, mais tu sais comment ça se passe dans ce milieu-là.

– Non, pourquoi, je devrais ? ai-je répondu en haussant les épaules.

Mais au fond de moi je savais qu'elle avait probablement raison et que les princes ne pouvaient certainement pas fréquenter qui ils voulaient. Et en plus, si j'avais bien compris, la famille royale abhorrait les catholiques.

Après une brève hésitation, je décidai finalement de ne pas en faire mention à « Honey chérie ».

– De toute façon, tu as Jay, me rappela Georgina en offrant un chocolat à Tobias.

Dans mon emportement, j'avais complètement oublié ma relation imaginaire avec Jay le gay.

– C'est vrai.

– Est-ce qu'il t'a appelée ces jours-ci ? me demanda-t-elle gentiment en engloutissant le chocolat de son ours.

– Euh… je ne sais pas. A vrai dire, je n'ai pas écouté ma messagerie récemment.

Elle m'a souri et m'a passé sa bouteille de lait pour le corps parfumé à la noix de coco et aux fruits de la passion.

– Essaye, ça sent divinement bon, tu verras.

Mes jambes étaient encore toutes rouges et marbrées. J'ai renversé la bouteille pour en verser dans le creux de ma main et j'ai massé vigoureusement pour le faire pénétrer.

– Au fait, je connais une fille qui a passé toute une nuit dans un sac de couchage avec le cousin de Freddie, Alfred, lança Arabella.

J'ai continué à me frotter les jambes avec le lait de Georgina en me demandant comment ce serait de passer une nuit dans un sac de couchage avec Freddie. Je crois que ça me plairait, même s'il transpirait à grosses gouttes.

En rentrant dans notre chambre, nous avons été assaillies par une odeur épouvantable. De toute évidence, Misty était passée par là. J'ai compris d'où venait l'odeur en m'asseyant sur mon lit :

cette stupide chienne avait fait pipi sur ma couette Club'N.

– Quelle imbécile! me suis-je exclamée en me relevant d'un bond, juste au moment où miss Cribbe entrait dans la chambre pour annoncer l'extinction des feux.

– Qu'est-ce que j'entends Calypso? roucoula-t-elle.

– Misty a fait pipi sur ma couette, elle est trempée maintenant. C'est vraiment pas juste.

Elle tâta la couette humide pour évaluer l'étendue des dégâts.

– Rien ne prouve que c'est cette pauvre Misty?

Ben voyons! C'est le seul chien de la pension mais, à part ça, rien ne prouve que c'est elle. Élémentaire mon cher Watson.

– Et puis ne faites donc pas tant d'histoires pour si peu. Donnez-moi votre couette, je vais la faire laver. Il ne fait pas très froid cette nuit, vous pourrez vous contenter d'un drap pour dormir.

Star vola à mon secours.

– Miss Cribbe, je trouve ça vraiment injuste que la pauvre Calypso grelotte toute la nuit à cause de Misty. Vous savez très bien que c'est Misty la responsable.

– Assez d'insolence, jeune fille, je vous prie de bien vouloir vous excuser sur-le-champ.

– Sûrement pas, cria Star qui pouvait se montrer très têtue. Tout le monde sait pertinemment que Misty passe son temps à pisser dans les chambres. C'est dégoûtant.

– Ça suffit maintenant. Je vous préviens que si vous continuez, je vais sévir, Star, menaça la vieille fille de sa voix chevrotante. Misty est un amour. D'ailleurs elle vous aime toutes beaucoup, vous êtes… sa famille. Elle serait effondrée si elle comprenait ce que vous venez de dire.

– Ne vous inquiétez pas miss Cribbe, le drap fera très bien l'affaire pour cette nuit, ai-je fini par dire pour la calmer.

Je détestais quand elle se mettait à pleurer. Il fallait la consoler en la prenant dans les bras, et là, elle vous inondait de grosses larmes intarissables. Je lui ai tendu ma couette et elle m'a donné un baiser barbu sur la joue en guise de récépissé.

– Vous ne pensez pas vraiment que c'est Misty qui a fait ça, n'est-ce pas ? me demanda-t-elle d'une voix implorante dans laquelle on sentait poindre les sanglots. C'est sûrement un des chiens du village.

Mais oui, un des chiens du village, c'est évident ! Il avait décidé de parcourir les trois kilomètres qui mènent à l'école, puis il avait franchi la clôture de barbelés électrifiés, s'était faufilé incognito entre les patrouilles de gardes armés et leurs molosses avant de s'introduire dans notre bâtiment fermé à double tour, et tout ça juste pour aller lever la patte sur une couette de jeune fille défraîchie. La couette, pas la jeune fille !

– Oui, vous avez raison miss Cribbe, lui dis-je pour la consoler tout en lui tapotant le dos.

Il fallait à tout prix éviter l'étreinte, que je sentais imminente. En général, on se retrouvait plaqué contre sa poitrine phénoménale au bord de l'asphyxie. En plus, miss Cribbe sentait un peu l'urine de chien elle-même.

– Miss Cribbe va vous rapporter un beau drap tout propre maintenant mon enfant, et je vous borderai.

Elle avait cette drôle d'habitude de parler d'elle-même à la troisième personne, un peu comme les altesses royales. Je me demandai si Freddie faisait la même chose. Parce que je n'aimerais pas sortir avec un garçon qui me rappelle miss Cribbe. Ça non!

– Tu peux prendre mon deuxième duvet si tu veux, Calypso, proposa Georgina.

– Ma chère, je constate avec plaisir que vous avez là une véritable amie, dit miss Cribbe d'une voix nouée, tout en essuyant de son revers de manche une larme qui coulait sur sa joue. Vous devriez prendre exemple sur elle, Star.

– C'est ça, grommela l'intéressée.

Miss Cribbe n'entendit pas sa remarque, ou en tout cas fit semblant de ne pas l'avoir entendue.

– Je sais que vous ne le faites pas méchamment, mais c'est tellement blessant quand vous parlez comme ça de Misty. Je vous aime comme si vous étiez mes propres filles, vous le savez, non?

– Oui, miss Cribbe, nous répondîmes, Star et moi, en chœur pour la faire taire.

– Vous êtes des amours. A présent, faites vos prières et bonne nuit.

Georgina et moi avons hoché la tête solennellement. Star, elle, s'est retournée dans son lit en marmonnant quelque chose d'incompréhensible dans sa barbe.

– Quant à vous, jeune fille, a ajouté miss Cribbe en s'adressant à Star qui lui tournait le dos, vous irez voir sœur Constance demain après le dîner. Elle saura trouver la punition qui convient à votre comportement de ce soir.

– Mais qu'est-ce que j'ai fait ? s'est écriée Star, indignée.

– Vous avez été insolente avec moi, voilà ce que vous avez fait. Sachez que je ne tolère pas ce genre de chose.

– Très bien, se contenta de répondre Star.

Mais quand la vieille fille eut quitté la pièce, elle explosa littéralement.

– Quelle vieille folle ! s'exclama Georgina en descendant de son lit pour aller chercher sa couette.

– Je suis désolée Star, tout ça c'est de ma faute.

– Mais non, ne t'inquiète pas. C'est celle de ce vieux cabot stupide. Tout le monde sait qu'il passe son temps à faire pipi partout. D'ailleurs, tout le bâtiment empeste. C'est une infection. En plus, tout ce que je vais récolter, c'est le droit de balayer le couloir.

– Et une grosse barre de Mars quand tu auras fini ! a ajouté Georgina d'un air malicieux.

Nous avons éclaté de rire. C'était bon de plaisanter ainsi toutes les trois. Star me regarda comme pour me dire « elle est plutôt sympa cette Georgina finalement ».

Les sœurs n'étaient pas portées sur les punitions et ne nous en donnaient qu'en cas d'incident vraiment grave, comme fumer de la drogue, nous battre ou dégrader les locaux. Nous les aimions bien. C'étaient de vieilles dames qui vivaient dans leur petit monde et, quand elles le quittaient, c'était en général pour aller reposer dans le joli petit cimetière attenant à l'école.

Georgina me lança le duvet et fit semblant de m'étouffer avec, comme miss Cribbe quand elle vous embrasse.

– Donnez-moi un gros baiser baveux sur ma moustache ma chère, me dit-elle en imitant la voix de la vieille fille, et en humectant ses lèvres de salive pour les faire briller elle les pinça à la façon de miss Cribbe.

Nous avons éteint les lumières et je me suis glissée avec délices sous l'épaisse couette en duvet d'oie de Georgina. J'ai récité quelques Je vous salue Marie en silence, puis j'ai demandé à la Vierge de bien vouloir intercéder auprès du bon Dieu pour qu'il arrive quelque chose de grave à mon duvet afin que je puisse garder celui-là plus longtemps. Il était trop confortable ! Après ça, je me suis endormie.

Cette nuit-là, Star s'est levée et a parlé dans son sommeil. Ce n'était pas nouveau, mais en général ça ne lui arrivait que lorsqu'elle était chez elle. Nous l'avons retrouvée assise sur le lit de Georgina en train de baragouiner des choses incompréhensibles : qu'elle voulait mourir, des trucs comme ça.

Georgina s'est révélée très gentille à l'occasion de cette séance de somnambulisme. Surtout si on considère que Star nous avait réveillées. J'aurais cru que Georgina pousserait des cris d'orfraie et la traiterait de dingue, mais au lieu de ça elle m'a aidée à la recoucher en riant. Tandis que je sombrais dans le sommeil, je pensai que nous l'avions peut-être mal jugée, après tout. J'allais m'endormir quand un chuchotement me réveilla. C'était Georgina.

– Calypso, si on faisait une blague à Star demain ? On pourrait lui dire qu'elle a parlé de draguer le professeur Sullivan dans son sommeil, qu'est-ce que tu en penses ?

Une bataille catastrophique . 7

Le lendemain matin, nous n'avons pas eu le temps de tester notre blague pour cause de panne d'oreiller. Nous n'avons pas entendu la sonnerie de six heures et ce sont les «bongs» répétés du gong en cuivre de miss Cribbe qui nous ont tirées de notre sommeil.

– Debout, mesdemoiselles, c'est l'heure, allez, debout! debout! debout! criait-elle de sa voix nasillarde spéciale réveille-matin, tout en martelant frénétiquement le petit cylindre de cuivre à l'aide de son marteau de bois.

Ce fut la panique pour s'habiller, puis l'embouteillage pour se laver les dents dans la micro salle de bains avant de dévaler les escaliers pour aller en cours et d'attraper un croissant au réfectoire en passant. Nous en avons chacune mis un dans notre poche pour le manger discrètement pendant la première heure de cours. Ce matin-là, le premier de la journée était celui de littérature, dispensé par Mrs. Topler. Beurk.

J'en suis arrivée à la conclusion que Mrs. Topler est l'antéchrist de la littérature. Étant donné mon goût pour la lecture et l'écriture, ce devrait être ma matière préférée. C'est vrai, j'ai déjà eu deux lettres publiées dans *Teen Vogue*, et mon rêve est d'écrire des articles dans la veine satirique et pleine d'esprit de Dorothy Parker.

Malheureusement, je crois que Mrs. Topler n'appréciait ni mon esprit ni mes qualités satiriques. Et s'il y avait quelque chose qu'elle exécrait, c'est bien la satire et l'esprit. Quand un texte offrait un véritable plaisir littéraire, on pouvait lui faire confiance pour qu'elle le descende en flèche avec ses critiques acerbes, et si elle nous conseillait la lecture de classiques, comme Simone de Beauvoir, vous pouviez être sûr qu'elle démolirait le texte lors d'une de ces diaboliques séances de déconstruction. En fait, elle aimait nous donner à lire des choses navrantes, comme *Les Quatre Filles du docteur March*, et comme si ça ne suffisait pas, on devait en débattre pendant les cours jusqu'à la nausée.

Chaque fois que je m'apprêtais à mettre un morceau de croissant dans ma bouche, Mrs. Topler me posait une question nulle sur l'héroïne du roman, une dénommée Jo. J'ai fini par lui répondre que « malgré son caractère obstiné, Jo était l'archétype de la perdante en littérature ». Je n'avais pas cherché à être drôle, mais Georgina, Star et quelques filles se sont mises à glousser. A mon grand étonnement, ce n'était pas moqueur. Georgina & Co m'avaient adoptée et me traitaient à présent comme une des leurs. La cerise sur le gâteau, ce fut quand Georgina annonça que l'ours Tobias détestait tellement *Les Quatre Filles du docteur March* qu'il l'avait empêchée de le lire.

La classe a éclaté de rire.

Et moi j'ai récolté un «carton bleu».

Un carton bleu, à Saint-Augustin, c'est une punition qui consiste à écrire cent fois une phrase édifiante, du style «Je ne me moquerai plus des textes étudiés en cours», sur une feuille de papier bleu (d'où son nom). Les élèves des grandes classes sont autorisées à donner des cartons bleus aux plus petites, qui, en général, n'en tiennent pas compte. Cela dit, quand Star était en sixième, une grande élève lui avait donné un carton bleu pour une broutille. Comme elle avait refusé de s'exécuter, la grande l'avait dénoncée à la directrice des études qui l'avait alors collée de six heures à sept heures du matin pour écrire ses lignes (ces colles matinales, jugées trop barbares, ont été proscrites des pensions britanniques aujourd'hui).

Quand on hérite d'un carton bleu, on peut aller voir sœur Constance pour commuer sa sentence en quelque chose de moins pénible, balayer le couloir par exemple. Et comme le faisait remarquer Georgina, le plus intéressant dans cette transaction, c'est que la vieille nonne donne toujours au «condamné» une barre de Mars à la fin, sûrement pour compenser la punition. Comme quoi il n'est pas nécessaire d'être rationnel quand on est nonne et professeur.

N'ayant pas petit-déjeuné, je me suis mise à saliver à la seule pensée d'une barre de Mars.

A la fin du cours, je mourais de faim, mais mon croissant n'était plus qu'un tas de miettes au fond de ma poche et je n'avais plus rien à me mettre sous la dent. Je me suis dit qu'il faudrait que je pense à les enlever avant la lessive, si je ne voulais pas que la matrone sadique du dortoir pique une crise. Me connaissant, j'étais à peu près sûre d'oublier, ce qui me vaudrait le plaisir d'un sermon en bonne et due forme sur ma négligence, mon manque de respect du personnel chargé de l'intendance, que sais-je encore? Et, pour clore le tout, notre Cruella domestique m'expliquerait que si je continuais comme ça je serais la risée de mes enfants plus tard, si j'avais la chance d'en avoir, ce dont on pouvait douter. Quel homme voudrait épouser une souillon qui met de la nourriture dans sa poche?

Comme je l'ai déjà dit, le sens de la mesure n'est ni une qualité ni une qualification requise pour enseigner dans cette école.

Mrs. Topler m'ayant gardée après le cours pour me donner son stupide carton bleu, j'ai été en retard toute la matinée, ainsi que Star et Georgina qui m'avaient attendue.

A midi, nous avions une faim de loup et, dans notre empressement de manger, Star et moi nous sommes assises à la même table que Georgina et sa clique sans réfléchir. Elles ont eu l'air de trouver ça naturel et personne n'a rien dit. Clémentine a même failli atterrir sur les genoux d'Arabella pour nous faire de la place. Même Star ne semblait pas y voir d'inconvénient, seule Honey a écarquillé les yeux lorsque je me suis assise en face d'elle avec mon plateau-repas.

– Es-tu sûre que ça suffira ? m'a-t-elle demandé méchamment en fixant la pile de nuggets de poisson qui se dressait dans mon assiette. J'avais demandé à la dame de service de m'en mettre plus que d'habitude, car c'était une des seules choses mangeables dans cette pension et j'étais affamée.

Star a alors attrapé un de mes nuggets et l'a lancé sur Honey. C'est comme ça que la bataille a commencé... Clémentine a envoyé un des gros haricots de sa salade à Arabella qui l'a relancé à Star et Georgina m'a balancé une giclée de mayonnaise sur le nez tandis que je lui catapultais une salve de petits pois à l'aide de ma cuillère. En moins d'une minute, le combat se généralisa à tout le réfectoire. La nourriture volait de toutes parts.

Nous avons évidemment été convoquées chez sœur Constance après le dîner.

Elle était assise et priait en silence sous l'horrible crucifix qui surplombait son bureau. Son christ en ivoire, dont le flanc béant laissait échapper une longue coulée de sang, me faisait peur et me donnait un étrange sentiment de culpabilité. D'habitude, elle se contentait d'être formelle, même si on la sentait parfois retenir un sourire, mais cette fois, sœur Constance aussi me fit peur.

Les murs de son bureau étaient couverts de textes sacrés du sol au plafond. Malheureusement, l'atmosphère feutrée qui se dégageait de tous ces livres anciens était gâchée par la présence d'une énorme statue en bois de Notre-Dame de Lourdes qui reposait sur un meuble métallique grisâtre. Je me demande pourquoi cette pièce sentait le vieux missel, un mélange de moisi, de cire, d'encens et de baume des antiquaires.

Debout devant son bureau, nous attendions qu'elle veuille bien finir sa prière. Les secondes devinrent des minutes, et j'aurais juré avoir entendu le Christ gémir là-haut sur sa croix. Mais c'était sûrement les gargouillis de mon ventre vide, car avec cette bataille de nuggets, je n'avais rien avalé. Quant au dîner, on nous avait servi l'infâme bouillon verdâtre que la rumeur prétendait confectionné avec les animaux morts de l'enclos.

Lorsque sœur Constance daigna enfin sortir de sa méditation, elle nous dévisagea froidement toutes les six, puis nous dit combien notre comportement l'avait déçue. Nous baissâmes la tête très solennellement en arborant l'attitude la plus repentante possible.

– Vous devriez avoir honte de gâcher de la nourriture pour des motifs aussi puérils !

– Oui, ma sœur, avons-nous répondu d'une seule voix.

– Avez-vous seulement pensé à tous ces malheureux enfants qui meurent de faim chaque jour dans le monde parce qu'ils n'ont rien à se mettre dans l'estomac ?

– Oui, ma sœur, avons-nous répété en chœur.

Par la fenêtre, j'aperçus un groupe de filles qui traversait le tapis de jacinthes sauvages et se dirigeait vers Puller's Wood. Mais je fus très vite ramenée au sermon de sœur Constance qui suffoquait de colère.

– Eh bien, si vous pensiez à ces pauvres petits enfants affamés et à leur dramatique manque de nourriture, qu'est-ce qui vous a pris de vous jeter votre déjeuner à la figure ?

Nous nous sommes regardées, interloquées. Star a pris la parole.

– On n'y a pas pensé, ma sœur.

– Pas pensé à quoi ?

– Euh... eh bien à tous ces malheureux enfants qui meurent de faim chaque jour dans le monde parce qu'ils n'ont rien à se mettre dans le ventre.

– C'est bien ce que je craignais, soupira sœur Constance dont le visage crispé trahissait la déception. Votre mère, qui est membre fondateur du Comité des enfants dans la guerre, serait certainement navrée d'apprendre cet incident, Miss Castle Orpington.

– Oui, ma sœur.

– Cependant, je constate que vous avez l'air sincèrement désolée d'être à l'origine de tout ce gâchis.

– Oui, ma sœur.

– Oui quoi ?

– Oui, nous sommes sincèrement désolées d'être à l'origine de tout ce gâchis.

– Dans ce cas, je passe l'éponge. Cependant, j'ai quand même une question à vous poser. Quelle est, à votre avis, la punition que vous méritez ?

– Eh bien, on pourrait... balayer le couloir ou quelque chose comme ça, suggéra Star.

– A dire vrai, Star, je crois que vous avez déjà hérité de cette punition pour avoir été insolente avec miss Cribbe hier soir. Elle était très choquée que vous ayez accusé Misty d'avoir uriné sur le lit de Calypso.

– Mais, ma sœur, elle fait pipi partout ! répondit Star sans même essayer de se contrôler.

– Star !

– C'est vrai, ma sœur, murmura Georgina. Mère dit que ce n'est pas très hygiénique d'ailleurs.

– Je n'affirme pas le contraire si c'était la vérité, mais on peut en dire autant du fait de jeter de la nourriture dans un réfectoire, non ? J'ai bien réfléchi, et je pense que le balayage n'est pas une punition à la hauteur de votre délit. J'ai décidé de vous assigner une tâche spéciale.

Nous avons échangé des regards inquiets. Ça s'annonçait mal.

– Je veux que vous trouviez des idées afin de collecter des fonds pour la fête de charité au profit d'Enfants du monde. L'an dernier, les secondes ont récolté six mille livres. Nous aimerions faire mieux, cette année.

Nous ne savions pas trop quoi répondre, ni ce que ça voulait dire au juste. Mais je savais que même si six mille livres ne suffisaient pas à payer un trimestre à Saint-Augustin, ça représentait beaucoup d'argent.

Mes parents faisaient toujours des histoires à propos de l'argent. Et je devais sans cesse leur rappeler que ce n'était pas moi qui avais voulu aller dans une pension démesurément chère, de l'autre côté de l'Atlantique. Ce à quoi ils me répondaient que rien n'était jamais gratuit dans la vie. Ils disaient qu'ils étaient très contents de faire des sacrifices pour me donner une éducation de premier ordre, et que conduire une vieille voiture décrépite et ne pas avoir de piscine était peu de choses en regard de tous les bénéfices que j'en retirerais. Il faut croire que les parents ont une logique bien à eux.

Mais je me rendais compte aussi que six mille livres n'étaient qu'une goutte d'eau dans l'océan d'argent qu'il faudrait pour venir en aide à tous les enfants malheureux de la planète.

– Voilà quelques opuscules qui vous éclairciront les idées, ajouta-t-elle en nous tendant des brochures où l'on voyait des enfants aux yeux tristes assis devant des gamelles vides.

Je me sentis soudain pitoyable et futile en regardant leurs regards affamés.

– Bon, je sais qu'il est encore un peu tôt pour penser à votre départ de l'école, mais à la fin de la semaine des anciennes de Saint-Augustin vont venir vous parler de ce que propose Raleigh International à des jeunes filles comme vous : ce sera l'opportunité de rencontrer des garçons et des filles de différents horizons, et celle également de donner un peu de vous.

Mon estomac commençait à gargouiller bruyamment, ce qui était terriblement gênant compte tenu des propos de sœur Constance. Je n'avais sauté que le déjeuner alors que ces enfants manquaient de tout depuis toujours !

– Ce sera tout, mesdemoiselles, vous pouvez disposer, conclut sœur Constance.

– Merci, ma sœur.

– Star, je vous rappelle que vous devez aussi balayer le couloir de Cleathorpes.

J'avais oublié l'histoire de mon carton bleu, et maintenant il était trop tard pour le transformer en séance de balayage.

– Je n'oublie pas, ma sœur, répondit Star, les yeux baissés (bien qu'elle jubilât intérieurement de ne pas avoir des centaines de lignes à écrire).

– Je passerai un peu plus tard pour voir comment ça se passe, ajouta la nonne (traduire : pour vous donner votre barre de Mars).

Nous avons rejoint notre chambre, tête baissée, comme on nous avait enseigné à le faire lors de notre arrivée à Saint-Augustin. Quelquefois, nous le faisions aussi avec des professeurs non religieux pour provoquer leur agacement.

– Pas évident, gémit Honey une fois hors de portée d'oreille de la mère supérieure.

– Moi, je pense que ça peut être assez chouette de faire quelque chose d'utile, déclara Star.

– Utile ? s'esclaffa Honey, tu plaisantes ? Parce que tu trouves ça chouette, toi, d'agiter une sébile comme un mendiant qui quémande. Ma pauvre Star, tu as vraiment une mentalité de prolo.

Star n'entendait pas s'écraser devant les grands airs de cette peste, ni devant personne d'ailleurs.

– Penses-y et tu verras qu'on peut faire plein de choses sympa, comme organiser des soirées, des bals. Je veux dire que c'est une couverture idéale pour organiser des tas de trucs. Et en plus, c'est pour une bonne cause.

Clémentine acquiesça un peu à contrecœur.

– Elle a raison. Nous pourrions nous en servir pour louer un minibus qui nous emmènerait au bal des Plumes et nous ferions payer les places.

C'était typique de Clémentine. De nous toutes, c'était de loin la plus intéressée par les garçons. Elle parlait très peu, sauf quand il y avait des garçons, et encore se contentait-elle dans ces cas-là de les lorgner en riant bêtement.

– Ça ou autre chose, répondit Star. Personnellement, je pense que le bal des Plumes est ce qu'on peut imaginer de plus ringard. La musique est nulle, mais bon…

– Apparemment, ça ne t'a pas empêchée de draguer ce gros lourdaud de Worth Abbey au bal de la Saint-Valentin, riposta Honey.

Star retroussa la lèvre supérieure et toisa Honey de bas en haut.

– Ça m'étonne que tu t'en souviennes, avec toute la vodka que tu avais sifflée ce soir-là ! D'ailleurs, si ma mémoire est bonne, tu étais tellement saoule que tu n'as pas cessé de trébucher sur tout le monde. Je me rappelle même que tu t'es affalée sur moi et que, pour finir, c'est toi qui as dragué ce gros provincial balourd. Mais bien sûr, tu as oublié ! Encore un de tes trous noirs !

Honey allait ouvrir la bouche quand quelqu'un lança : « Oh, la ferme, vous deux ! » A ma grande surprise, je m'aperçus que c'était moi. Personne ne protesta, puis Clémentine finit par briser le silence en reprenant à haute voix le cours de son raisonnement.

– J'y pense, on pourrait faire payer les places deux ou trois fois plus cher ?

La discussion continua. Personne ne semblait remarquer ma présence. Je me sentais transparente. J'étais le monstre de l'école, la seule dont les parents ne possédaient pas une vaste demeure à Chelsea, la seule à n'avoir jamais été invitée à un des bals mondains de la capitale. Mais j'en avais entendu parler, car, durant les semaines qui précédaient ces événements phares du calendrier scolaire, c'était le seul sujet de conversation dans toute l'école. Ils avaient généralement lieu au palais Hammersmith ou dans un endroit prestigieux du même genre. L'alcool y était interdit, mais comme on ne contrôlait que les garçons à l'entrée, certaines filles comme Honey s'arrangeaient pour en apporter clandestinement. Les filles de bonne famille adoraient aller dans ces soirées car c'était de hauts lieux de la drague, et puis il y avait des groupes à la mode, des DJ branchés et des sucreries. Star était déjà allée à une de ces soirées. Elle s'était plainte ensuite que la langue du garçon qu'elle avait embrassé lui ait fait l'effet d'un petit poisson. Mais je suis persuadée qu'elle avait dit ça pour me consoler.

– C'est une idée géniale de faire payer plus cher, lança Arabella, mais je propose qu'on fixe le prix selon les moyens et l'importance de chacune des filles. C'est vrai, il ne faut pas se faire trop d'illusions, ces bals sont un peu dépassés aujourd'hui.

Ce qu'Arabella entendait par « importance », c'était le nombre de traits d'union que comportait un nom de famille. Son patronyme à elle, c'était: Arabella Basingdon-Morgan-Heighbrewer-Tomlinson-Protvost-Smith. Mais elle se faisait appeler Arabella Smith, en toute simplicité, sachant pertinemment que tout le monde connaissait l'intégralité de son nom à rallonge.

D'un seul coup, Arabella a soulevé sa crinière blond platine, et ses cheveux sont venus se coller sur le gloss que je venais d'ouvrir. Je l'ai nettoyé et je m'en suis mis, histoire de garder une contenance.

– Pourquoi on ne ferait pas une compétition du genre: qui va réussir à séduire le plus de mecs dans la soirée? suggéra Georgina. Une amende de cinq livres pour celles qui ont fait moins de deux touches au bal de Eades.

– Disons dix pour toutes celles qui ne séduiront pas un prince, ajouta Honey perfidement en nous gratifiant d'un de ses clins d'œil professionnels.

Elle nous bassinait sans cesse à propos de la fille (pardon, de la styliste) qui lui avait enseigné l'art de ces œillades maniérées, comme si c'était un gourou.

– On se retrouve au dortoir, je vais voir si j'ai du courrier, dit Arabella en disparaissant dans l'escalier.

– Prends le nôtre, lancèrent les autres filles.

Visiblement, Star n'attendait pas de lettre de ses parents, qu'elle savait stone en permanence. Les miens non plus n'écrivaient pas – leur excuse, c'est qu'ils étaient beaucoup trop modernes, technologiquement, pour m'envoyer des « mails de limace ». C'est ainsi qu'ils désignaient les lettres. Ils préféraient communiquer avec moi par e-mail, ce qui était beaucoup plus foireux.

La mère de Honey lui envoyait des photos d'elle en train de bavarder avec des personnalités connues qu'elle punaisait sur tous les murs de sa chambre. Avouez que ça n'avance pas à grand-chose de punaiser un e-mail au-dessus de son lit quand on a le mal du pays. C'est comme ça que tout le monde en vient à penser que vous êtes nulle et que vos parents ne vous aiment pas.

Message royal . 8

De retour à Cleathorpes, Star s'acquitta de sa corvée de balayage pendant que nous réfléchissions à notre mission caritative, vautrées sur le lit de Clémentine.

– Je suppose qu'on peut voir cette punition comme une bénédiction, fit remarquer Honey, une super occasion de trouver plein de bonnes excuses pour louper les cours.

– Dis-moi, il te reste encore de ces merveilleux bonbons américains ? me demanda Georgina.

– Oui.

– J'ai trouvé la réaction de sœur Constance très excessive, déclara Georgina, pas vous ? C'est vrai, même mes parents font ce genre de trucs débiles parfois !

J'essayais d'imaginer Bob et Sarah en train de se lancer des petits pois à la figure. Impensable. Mes parents étaient beaucoup trop californiens pour faire une chose pareille : ils détestaient le gaspillage.

– Je suis d'accord, ai-je répondu.

– Tu sais, Tobias commence vraiment à t'apprécier chérie, me confia Georgina, tandis que nous marchions dans le couloir, bras dessus bras dessous, pour aller chercher un peu de vodka et le reste de mes bonbons américains dans notre chambre.

– Eh bien ! Cette affection est... comment dire ? réciproque. Enfin, j'adore les ours, tous les jouets en peluche, je veux dire !

Pourquoi diable fallait-il toujours que je sorte des inepties pareilles? Dieu soit loué, Georgina a trouvé ça drôle et elle a ri.

– Tu as du courrier, Calypso, m'annonça Arabella d'une voix nasillarde censée imiter mon accent, en jetant sur mes genoux un paquet et une lettre.

Georgina leva les yeux de son magazine.

– Fabuleux ! C'est Jay ?

Elle sauta de son lit pour s'asseoir sur le mien, à côté de moi. J'ai retourné le paquet pour voir le nom de l'expéditeur. Ça venait de la Paramount, le bureau de ma mère.

– Ouais, ça m'en a tout l'air.

A ces mots, toutes les filles se sont jetées sur le lit pour assister en direct à l'ouverture du colis. Il contenait le DVD d'un film qui n'était pas encore sorti en Grande-Bretagne, et une carte postale d'Hollywood sur laquelle Jay avait écrit :

Tu me manques, baby!

Love

Jay xxxxx

Je n'aimais pas beaucoup le « baby », mais il fit l'effet escompté sur mon auditoire. Les filles devinrent hystériques. Clémentine se rua dans la chambre d'Antoinette pour lui démontrer, preuve à l'appui, qu'elle avait tort de ne pas croire à mon histoire de petit copain. Les questions sur Jay fusaient de toutes parts. J'en oubliais d'ouvrir ma lettre. Quand la cloche a sonné, je suis descendue en cours en la laissant sur le lit de Clémentine.

Ce soir-là, Georgina a pris un bain moussant à la noix de coco qui sentait divinement bon. Honey, Arabella, Clémentine, Star et moi nous sommes installées comme nous pouvions autour de la baignoire pour une nouvelle conférence au sommet (la mousse était très haute). Nous avons dressé une liste des moyens possibles et imaginables de collecter des fonds. Ils prévoyaient tous : drague, bonbons et cigarettes !

Honey se montrait toujours aussi peste avec moi, mais je décidai de ne plus y prêter attention. A présent que j'étais au cœur des événements, que j'avais un petit copain, je pouvais me permettre de me montrer magnanime.

Quand nous sommes sorties de la salle de bains, Star venait de rentrer. Elle tenait dans les mains les bonbons que sœur Constance lui avait donnés à la fin de sa corvée de balayage. Notre chambre sentait toujours l'urine de Misty, aussi avons-nous aspergé la pièce entière de Febreze avant de poser nos couettes par terre pour une séance bonbons-vodka.

Arabella, qui était allée chercher des cigarettes dans sa chambre, est revenue avec une enveloppe à la main.

– Calypso, tu as oublié ça sur le lit de Clémentine, me dit-elle en lançant une lettre sur le lit.

Je n'avais pas la moindre idée de l'expéditeur. L'écriture ne me disait rien. La bouche pleine de chocolat, j'ai déchiré l'enveloppe d'une main hâtive. Elle contenait une simple feuille monogrammée avec les armoiries de la famille royale, sur laquelle était écrit un court message:

Salut Calypso

C'était sympa hier.

J'espère te voir au bal du collège, sans ton sabre!

Freddie

– Qui est-ce? demanda Star en me passant sa tasse pour que je boive une rasade de vodka.

Elle mélangeait toujours la sienne avec du lait chaud pour atténuer le goût de l'alcool. On nous autorisait à conserver des gâteaux et du lait dans la petite cuisine de Cleathorpes, et même à nous faire des toasts de temps à autre. Georgina en grillait régulièrement (avec de la marmelade pour ce pauvre Tobias qui préférait mille fois ça à ce qu'on nous servait à la cantine). Le lait était une idée géniale de Star. Au cas où miss Cribbe déboulerait dans la chambre à l'improviste, elle lui tendrait sa tasse pleine de l'innocent breuvage en prétextant que ça l'aidait à trouver le sommeil. Miss Cribbe n'y verrait que du feu. Elle adorait qu'on se comporte comme des enfants.

Je suis restée un long moment à fixer la lettre sans rien dire, puis je l'ai relue plusieurs fois avant de la reposer sur mes genoux. J'étais comme assommée. Le prince Freddie m'avait écrit, à moi, simple mortelle ! Je n'en croyais pas mes yeux.

Intriguée par ma réaction, Star s'est emparée de la lettre avant que je puisse l'en empêcher et a commencé à la lire à haute voix. Ce n'est qu'en découvrant la signature qu'elle comprit l'erreur qu'elle venait de commettre. Trop tard, le mal était fait.

Honey, qui s'était penchée à la fenêtre pour fumer une cigarette, sursauta en entendant le nom de Freddie.

– Espèce de salope ! a-t-elle hurlé en s'approchant de moi.

Puis elle m'a giflée violemment. Même Georgina en fut horrifiée.

– Non mais ça va pas, la tête, a crié Star, tu te prends pour qui ? Disparais !

J'ai fondu en larmes. Impossible de m'arrêter. C'en était trop. Une minute plus tôt j'étais l'objet de toutes les jalousies avec mon histoire de petit ami américain, et l'instant d'après on me giflait parce que Son Altesse Royale le prince héritier m'avait écrit un petit mot. Mon visage était en feu. Personne ne m'avait encore jamais frappée.

Malgré les injonctions de Star, Honey n'avait pas bougé. Je craignais qu'elle ne cherche la bagarre pour de bon, aussi ; je fus soulagée quand Georgina lui conseilla de quitter la chambre.

– Écoute Honey, je crois que tu ferais mieux de partir.

Alors, et alors seulement, Honey est sortie, suivie de Georgina, d'Arabella et de Clémentine, qui me lança au passage un regard compatissant.

Quand elles eurent refermé la porte, je me suis jetée sur mon lit et me suis mise à sangloter comme un bébé.

Star s'évertuait à me remonter le moral en m'expliquant que, au lieu de pleurer, je devrais danser sur les toits d'avoir reçu cette « royale citation à comparaître ».

Elle était vraiment gentille et je me rendais compte en l'écoutant qu'elle était ma meilleure et ma seule amie. J'eus honte, soudain, de lui avoir imposé la compagnie des Divas parce que, très égoïstement, je voulais me faire admettre d'elles. Je commençais aussi à penser que Georgina était une fille bien. Pas uniquement parce qu'elle m'appelait « chérie », mais aussi parce qu'elle appréciait mon humour et m'avait sortie du pétrin en me prêtant sa couette le soir où Misty avait trempé la mienne. J'étais vraiment trop bête !

– Je suis désolée d'avoir lu cette lettre à haute voix, s'excusa Star.

– Ce n'est pas grave. Tu ne pouvais pas savoir.

– Souviens-toi : « Face au malheur, il faut adopter la gloss attitude », me rappela-t-elle en me tendant son tube de gloss. Et puis tu m'as toujours, moi, continua-t-elle en me serrant dans ses bras, et Jay !

En entendant son nom, je me suis remise à pleurer de plus belle.

– Écoute Calypso, ce n'est pas le bout du monde ! Après tout, on s'en contrefiche de cette peste de Honey !

– Ce n'est pas ça, ai-je rétorqué entre deux sanglots, c'est à cause de Jay.

– Quoi Jay ? Tu ne vas pas nous faire une crise de parano. Il vient juste de t'envoyer une lettre et un cadeau. Si ce n'est pas une preuve suffisante, je ne sais pas ce qu'il te faut.

– Moi non plus.

Et là, je ne sais pas pourquoi, je lui ai tout déballé :

– Ce n'est pas mon petit ami… ai-je bégayé en reniflant entre deux sanglots, c'est… c'est l'assistant de ma mère. Il est gay.

– Gay !

Star, qui me tenait toujours dans ses bras, est partie d'un fou rire irrépressible.

– Tu as bien dit gay ? Jay le gay, l'assistant de ta mère. Jay le gay. Ça c'est la meilleure !

Elle riait tellement à l'évocation de notre improbable couple que je partis moi aussi d'un fou rire. Je n'avais même pas remarqué la rime de « Jay le gay ». Alors je lui ai raconté mon désir pathétique de vouloir copiner avec Georgina & Co., et l'imparable stratégie que Jay et moi avions concoctée pour y arriver. Je savais que Star ne comprendrait pas mes motivations, mais ça me soulageait quand même de tout lui avouer.

Au bout d'un moment, comme elle ne se lassait pas de chantonner « Jay le gay, l'assistant de ta mère, Jay le gay, l'assistant de ta mère », et que je redoutais que quelqu'un entre dans la chambre, j'ai détourné la conversation sur les parents. Star s'est mise à parler des siens et de ce qu'elle ressentait quand ils fumaient de drôles de mixtures avec leurs amis.

C'était tellement chouette d'être avec elle de nouveau et de bavarder comme avant que j'en avais presque oublié Honey et les problèmes qui m'attendaient. Jusqu'à ce que Star me demande ce que je comptais faire. Nous savions toutes les deux que l'incident de tout à l'heure ne présageait rien d'agréable.

D'une certaine façon, je venais d'enfreindre une des règles sacro-saintes ici, à savoir, ne jamais draguer un garçon sur lequel une autre fille avait déjà mis une option officielle, surtout quand celle-ci s'appelle Honey O'Hare. Au royaume où tous les çoups sont permis, elle était la reine. Je l'avais déjà vue démolir plusieurs filles les années précédentes.

Quand nous étions en cinquième, une fille de quatrième prénommée Joséphine avait eu le malheur de lui manquer de respect. Personne ne savait au juste ce qu'elle lui avait dit ou fait, mais Honey avait fomenté contre elle une telle campagne de dénigrement que, très vite, la malheureuse en avait perdu le sommeil. A la fin du trimestre, elle s'automutilait avec des cutters qu'elle dérobait pendant les cours d'arts plastiques. La direction demanda à ses parents de venir la voir plus souvent pour la rassurer, mais ceux-ci refusèrent au motif qu'il fallait que Joséphine apprenne à surmonter seule ce genre de problème. Leur attitude choqua même les plus sévères de nos professeurs. Comme la situation empirait, les sœurs décrétèrent que Joséphine était inapte à la vie en pensionnat et la renvoyèrent de Saint-Augustin. Durant les semaines qui suivirent son départ, Honey se promena dans toute l'école en affichant un rictus de satisfaction.

Je savais que je n'aurais pas le cran de m'automutiler, c'est vrai, puisque je ne supportais pas la vue du sang, mais je savais aussi que si elle mettait sa machine de guerre en marche contre moi, je serais condamnée à pleurer tous les soirs dans mon lit.

Il ne se passa pas longtemps avant que Honey revienne dans la chambre…

– T'es vraiment la dernière des salopes ! vociféra-t-elle d'une voix stridente, en m'arrachant la lettre des mains.

De rage, elle se mit à la déchirer.

Je crois qu'elle en aurait fait des confettis si Georgina ne la lui avait pas reprise au bout de deux morceaux. Arabella, Star et Clémentine durent se mettre à trois pour nous séparer car elle s'était agrippée à mes cheveux qu'elle tirait violemment en m'accablant de toutes les insultes que sa bonne éducation avait laissé filtrer jusqu'à ses oreilles. Quand elle fut à cours d'imagination, elle commença à me promettre mille morts, plus atroces les unes que les autres.

Alertées par le bruit, les autres pensionnaires avaient formé un attroupement dans le couloir. Je me frottais le visage en essayant de reprendre mes esprits quand Misty est entrée et s'est mise à aboyer. Miss Cribbe a débarqué à son tour, son tricot à la main. Elle a fait sortir tout le monde, sauf Georgina, Star et moi.

C'est à ce moment-là que Misty a opéré un demi-tour à côté de mon lit et s'est mise à faire pipi. Voyant cela, la pauvre vieille fille est devenue toute rouge et a chassé la chienne d'un coup de pied.

Je crois que sans Misty, nous aurions passé un très mauvais quart d'heure.

Mon portable a sonné, mais miss Cribbe me l'a ôté des mains avant que j'aie pu répondre et nous a intimé l'ordre d'éteindre les lumières, bien qu'il ne soit que neuf heures et demie. L'heure officielle du couvre-feu était dix heures, cependant personne ne trouva rien à redire.

Je ne parvenais pas à trouver le sommeil.

– Tu dors ? demanda Georgina au bout d'un moment.

Ma tête me faisait encore mal et je sentais toujours la brûlure de la gifle sur ma joue. Georgina était l'amie de Honey et je ne pouvais m'empêcher de redouter ce qu'elle allait dire. Je n'ai rien répondu.

– Entre nous, je crois que Honey est devenue folle, chérie, poursuivit Georgina.

Ces paroles résonnèrent dans ma tête comme un écho sur une paroi rocheuse.

Malgré les bons moments récents – quand Georgina m'avait appelée « chérie » et quand elle s'était relevée pour me prêter son duvet – je ne pouvais m'empêcher de me remémorer tous les mauvais moments qu'elle et Honey m'avaient fait endurer depuis des années.

Star marmonnait dans son sommeil.

– Chérie ? s'enquit de nouveau Georgina.

J'ai supposé qu'il fallait prendre comme un signe positif le fait qu'elle continue à m'appeler « chérie ».

– Je ne lui ai pas demandé de m'écrire, tu sais, c'est pas de ma faute. Tu pourrais peut-être lui expliquer, toi.

– Arabella m'a raconté votre match d'hier.

– Mais je ne lui ai jamais demandé de m'écrire ! ai-je répété.

Georgina est restée silencieuse un long moment. Moi, j'avais la sensation d'être en équilibre sur un fil, prête à tomber dans le camp des « monstres » à nouveau.

– Tu sais, Honey est très stressée en ce moment, a-t-elle fini par dire au bout d'une demi-heure, alors que je commençais à m'endormir, je crois qu'elle a un tas de problèmes.

Ben voyons, comme si je n'avais pas remarqué ! Cette saleté venait d'essayer de m'étrangler.

C'est clair qu'elle avait des problèmes !

– Ah bon, je ne savais pas, ai-je répondu naïvement.

– Je crois qu'il y a un tas d'histoires entre sa mère et son dernier beau-père, lord Aginet.

Une partie de moi se réjouissait secrètement de ses malheurs personnels, mais je me suis contentée de répondre :

– Comme c'est triste !

– Tu sais, Arabella et Clémentine ont pris ta défense, chérie.

J'ai fait comme si je n'avais pas remarqué qu'elle ne s'était pas comptée dans la liste.

– C'est sympa de leur part.

J'ai réfléchi à ce qu'elle venait de me dire. Après tout, je me faisais peut-être une montagne de la situation. Qui sait ? tout se passerait peut-être bien finalement et je ne serais ni clouée au pilori par les autres, ni obligée de me cacher dans les placards pour le restant du trimestre. Peut-être même que je finirais par me faire accepter telle que j'étais et jugée à l'aune de critères plus importants que mon accent.

– Mais de toute évidence, tu ne pourras pas aller au bal.

– Ah bon !

– Oui. En tout cas, sache que si tu y vas Honey t'étripera vivante.

Le fait qu'elle m'appelle « chérie » n'adoucissait pas le fiel que distillaient ses paroles.

– Tu crois ?

– J'en suis sûre. Et si tu veux un conseil, fais-toi porter pâle et passe la nuit à l'infirmerie.

Que je joue les malades, et pourquoi pas les mortes pendant qu'elles y étaient !

Retournement de situation . 9

Le lendemain matin, je me suis réveillée avec un terrible mal de tête. Ce n'était pas seulement la faute de miss Cribbe – elle avait frappé son maudit gong pendant dix bonnes minutes tandis que j'essayais de me cacher sous ma couette –, puisque j'étais toujours prise de migraine quelques jours avant mes règles. Voyant que je résistais à l'appel du gong – à moins qu'elle n'en ait eu plein les oreilles elle-même –, miss Cribbe conclut que je ne faisais pas semblant et m'envoya à l'infirmerie consulter la très redoutée sœur Dempster. Cette dernière n'attendait que l'occasion de nous torturer, ou encore de nous empoisonner, selon son humeur.

Il y avait deux sœurs chargées de l'infirmerie : l'épouvantable sœur Dempster (une ancienne infirmière professionnelle reconvertie dans la maltraitance des pauvres pensionnaires sans défense !) et l'adorable sœur Regina (une nonne pur sucre, elle) qui nous prescrivait du Co-codamol comme si le jour dernier était arrivé.

Sœur Regina n'avait que faire des recommandations de ma mère selon lesquelles il ne fallait pas prendre plus de six comprimés par vingt-quatre heures de ce médicament qui, aux États-Unis, n'était délivré que sur ordonnance. Rien à faire, elle nous gavait de pilules jusqu'à ce que l'on se sente mieux. Sœur Dempster non plus n'avait cure de la règle des six, tout simplement parce que, ne croyant pas aux vertus du paracétamol, elle ne nous en donnait même pas un pour nous soulager. Elle avait fait ses classes au temps où la douleur était considérée comme une fatalité qu'il fallait subir sans chercher à la calmer et nous traitait sans cesse de chochottes. De son temps, on ne faisait pas toute une histoire pour un petit trente-neuf degrés !

Odieuse, elle était odieuse.

Par je ne sais quelle malchance, c'était toujours sœur Dempster qui était de service quand j'avais besoin d'aller à l'infirmerie. Mais il y a parfois des miracles (comme nous le rappelait souvent sœur Constance), et ce matin-là, c'était l'adorable sœur Regina qui officiait.

– Pauvre miss Kelly. Allongez-vous là. Je vais vous chercher une serviette hygiénique et un peu de paracétamol.

Elle m'a installée sur un des lits très inconfortables de l'infirmerie qui, j'en donnerais ma main à couper, dataient tous de la Seconde Guerre mondiale et sentaient encore le soldat malade. Les ressorts étaient si vieux et si bruyants qu'il était impossible de s'y reposer, à moins d'être dans le coma !

Quand on se rendait à l'infirmerie pour des douleurs prémenstruelles, les sœurs insistaient toujours pour nous donner des serviettes hygiéniques gigantesques qui avaient l'air de skis. A croire qu'elles essayaient d'écouler un stock d'avant-guerre ! Sans rire, vu la taille, on aurait pu faire du rafting sans se mouiller avec ces trucs-là. Pendant les vacances de Pâques j'avais acheté des tampons, mais il n'était pas question de discuter de ces progrès en matière d'hygiène intime avec sœur Regina, qui devait tout simplement ignorer l'existence de ces petites choses.

Je l'ai remerciée et je l'ai serrée dans mes bras car je savais qu'elle ne cherchait qu'à être gentille. Et puis j'aimais bien l'odeur des bonnes sœurs, qui sentaient bon l'encens et le parfum des fleurs qu'elles cueillaient pour orner la chapelle et la statue de la Vierge à l'Enfant qui trônait à l'entrée de l'école.

Comme mon mal de tête persistait, sœur Regina me donna un autre comprimé et me suggéra de manquer les cours du matin et de me reposer jusqu'au déjeuner. Elle s'ennuyait visiblement et ne fut pas mécontente de feuilleter avec moi le dernier numéro de *Teen Vogue* que j'avais rapporté de Los Angeles. En voyant les pages de mode, elle déclara qu'aucun des mannequins n'était une aussi jolie fille que moi et n'avait autant de grâce. « Grâce. » J'avais remarqué que les sœurs aimaient bien ce mot-là. Peut-être parce que c'était une des rares choses qu'elles pouvaient conserver quand elles prononçaient leurs vœux, contrairement au maquillage ou aux vêtements. Quoi qu'il en soit, c'était gentil de sa part de me dire ça, même si ce n'était pas vrai.

Sœur Regina trouvait curieux que toutes les filles rêvent de faire ce drôle de métier qui consistait à rester debout toute la journée pour se faire photographier sous toutes les coutures. A mon sens, elle n'avait pas tort. Moi non plus ce métier ne m'attirait pas, sauf peut-être pour l'argent, et encore, car la plupart des actrices de L.A. ne gagnaient pas tant que ça. En plus, on devait passer son temps à s'inquiéter de ce que pensaient les autres de son poids, de son nez, ou que sais-je encore. D'après Star, les défauts étaient tous retouchés sur les photos. Si ça se trouve, Kate Moss avait la taille d'un éléphant !

J'ai quitté l'infirmerie juste avant la sonnerie de midi et j'ai fait un détour par l'enclos des animaux pour saluer Arabesque. Je me sentais toujours un peu mal à l'aise quand je lui rendais visite, car je savais que Star aurait préféré que je donne mon affection à Hilda ou à Brian. Mais je préférais de loin les lapins câlins aux rats et aux serpents.

J'ai quand même jeté un coup d'œil à Hilda. En la regardant tourner comme une folle dans sa roue, je me suis demandé comment on pouvait devenir aussi gâteux d'un rat. Star n'arrêtait pas de m'expliquer combien ils étaient intelligents, mais, pour être franche, le sens de la repartie n'était pas la principale qualité que je recherchais chez un animal de compagnie !

J'ai poursuivi mon chemin jusqu'au coin des lapins. Arabesque dormait calmement. C'est ça qui est si charmant chez les lapins, ils font tout avec douceur.

« Au moins, il arrive à dormir, lui », ai-je pensé en ouvrant la cage. Mais quand je l'ai pris dans les mains, au lieu d'être chaud et soyeux, son corps était froid et rigide. Je l'ai aussitôt reposé et j'ai foncé à la cantine pour prévenir Georgina, bousculant tout le monde et faisant voler quelques plateaux sur mon passage.

– Georgina, viens vite, c'est Arabesque ! ai-je dit haletante.

Honey m'a dévisagée d'un œil méchant.

– Tu es morte, Calypso ! a-t-elle déclaré. J'ai tout raconté à Poppy. Elle va te tuer.

Poppy était la sœur aînée de Honey, bien pire que sa cadette, si tant est que cela soit possible. Elle était très belle et apparaissait souvent dans les magazines sous le nom de l'Honorable Poppy O'Hare, même si elle faisait toujours un tas d'histoires auprès des journalistes pour qu'ils ne mentionnent pas son titre. Bref, les garçons de Eades étaient tous dingues d'elle. Quoique, comme le faisait remarquer Star non sans malice, ce n'était sûrement pas de son caractère qu'ils étaient dingues !

Mais je m'en fichais. Pour le moment, tout ce qui comptait, c'était de prévenir Georgina.

– Calme-toi Honey, tu veux, dit sèchement Georgina qui jouait nerveusement avec ses petits pois dans son assiette.

Elle ne leva même pas les yeux vers moi. Je compris que le petit groupe avait pris une décision quant à la façon de se comporter à mon égard. J'avais été réconfortée lorsque, la veille au soir, Georgina avait avoué que Honey exagérait. Bêtement, j'avais cru que rien n'était changé. Oh, bien sûr, je savais qu'elles étaient amies depuis toujours, mais je pensais que Georgina était capable de prendre du recul et d'être critique quand le comportement de sa copine dépassait les bornes. Mais en les regardant, je compris qu'il n'en était rien. Combien j'avais été naïve de croire qu'elles pouvaient adopter quelqu'un qui n'était pas de leur monde ! Il était possible que Georgina soit plus sympa que les autres, possible qu'elle m'ait eue à la bonne, mais au bout du compte, même si elle appréciait mes bonbons, j'étais et je restais un « monstre américain ». En plus je n'avais presque plus de Hershey's Kisses.

Poppy s'est approchée de la table.

– Alors, le monstre américain, me dit-elle en me collant un Post-it au passage. J'ai passé mon bras dans le dos pour l'attraper. Au lieu des banalités d'usage, cette fois il y avait écrit : « T'es morte ».

La lecture de ce mot combinée au décès de ce pauvre Arabesque m'a fait monter les larmes aux yeux. Je les ai essuyées discrètement du revers de ma manche. Georgina et Arabella, gênées, ont détourné le regard.

– Georgina, répétai-je avec des sanglots dans la voix.

– Je ne peux rien faire pour toi, me répondit-elle avant même de savoir ce que j'avais à dire, tout en continuant à triturer ses petits pois à coups de fourchette.

– Oh ! Voyez-vous ça, la pauvre petite va se mettre à pleurer, lança Honey avec une voix de bébé.

Georgina leva les yeux vers elle et secoua la tête pour lui signifier d'arrêter. De toute évidence, elle désapprouvait son comportement sans trop oser le dire. Je décidai donc de tenter ma chance et de lui demander si je pouvais lui parler seule à seule. Elle me répondit qu'elle était bien trop occupée. Les petits pois peuvent se révéler très exigeants !

Malgré son attitude, je ne pouvais me résoudre à partir sans rien lui dire. L'idée de laisser ce pauvre Arabesque mort toute la journée dans sa cage m'était insupportable. Que nous soyons amies ou pas, je devais lui annoncer la triste nouvelle, ici et maintenant. C'était affreux.

Je suis donc restée là jusqu'à ce que quelqu'un me colle un nouveau Post-it dans le dos. Puis j'ai regardé Georgina et j'ai lâché : « Arabesque est mort. » Et j'ai fondu en larmes.

Georgina a levé le nez de son assiette et m'a regardée pendant une éternité avant d'éclater en sanglots, elle aussi. Arabella l'a enlacée pour la consoler.

Quand Clémentine est revenue avec son plateau-repas et a demandé ce qui se passait, Honey a levé les yeux au ciel et s'est exclamée sur un ton presque agacé :

– Le lapin de Georgina est mort !

Notre petit groupe était devenu le point de mire de toute la cantine. Star devait revenir de l'enclos car, en voyant nos têtes, elle s'est contentée de dire : « Ah ! je vois que vous êtes déjà au courant. »

– Oh, ma pauvre chérie ! s'exclama Clémentine en prenant Georgina dans ses bras.

Elle sanglotait pour de bon à présent. Moi aussi je crois, mais je fus tellement choquée par Honey que je ne m'en souviens plus très bien.

– Franchement, je ne vois pas pourquoi vous faites tant d'histoires, lança Honey. C'est vrai quoi, il n'était plus tout jeune, ce lapin, Georgie chérie. D'ailleurs j'ai toujours trouvé qu'il était un peu moche. Allez, ne pleure plus, ton père t'en rachètera un autre. Un plus beau.

Je n'en croyais pas mes oreilles. Elle était la meilleure amie de Georgina et elle osait lui dire un truc pareil !

Georgina leva les yeux, et pendant un court instant, j'ai bien cru qu'elle allait se jeter sur Honey pour lui arracher les yeux. Quand Honey vit la colère dans le regard de Georgina, elle prit un air de sainte nitouche.

– Ben quoi? Qu'est-ce qu'il y a?

– Tu es vraiment qu'une sale conne! lança Georgina au visage de sa meilleure amie.

Tout le monde observait Honey qui persistait à battre des cils comme une ingénue.

– Mais quoi? demanda-t-elle comme si elle ignorait encore qu'elle était un suppôt de Satan.

Les autres élèves ont secoué la tête comme lorsqu'on constate qu'une cause est perdue, puis elles ont quitté la cantine en silence, laissant leur plateau sur les tables. Star leur a emboîté le pas.

Je me suis retrouvée seule avec Honey.

– Tu es vraiment un monstre, me déclara-t-elle de nouveau en grimaçant et en portant une chips à sa bouche, qu'elle commença à grignoter de cette façon si particulière qu'elle avait sans que ses lèvres la touchent.

Je n'avais plus faim et, surtout, je n'avais aucune envie de passer une seconde de plus à côté de cette folle maléfique, j'ai donc quitté le réfectoire le ventre vide et me suis dirigée vers l'enclos. A mon arrivée, Georgina tenait le petit corps inerte d'Arabesque entre ses mains et pleurait à chaudes larmes. Quand les autres lui reprirent le lapin, elle poussa un hurlement de détresse. Son cri était si déchirant que j'aurais voulu la serrer dans mes bras pour la consoler, comme Clémentine ou Arabella, mais je n'étais pas sûre qu'elle accepte d'être touchée par un monstre américain, alors j'ai juste dit:

– Je suis vraiment désolée, Georgina!

C'était très banal, je le savais, mais Georgina a écarté les autres et s'est jetée à mon cou pour venir pleurer sur mon épaule. Elle sanglotait tellement que j'ai bien cru qu'elle allait mourir étouffée.

– J'aimais beaucoup Arabesque, ai-je dit. C'était le plus mignon des lapins de l'enclos. Tu sais, je venais souvent le caresser et jouer avec lui. Mais je n'ai jamais osé te le dire, car je pensais que tu me détesterais de...

– Je ne te déteste pas, hoqueta Georgina, Oh ! mon pauvre Arabie.

Je me suis rendu compte que je sanglotais au moins autant que Georgina quand sœur Hillary et sœur Veronica, alertées par nos pleurs, sont venues nous demander ce qui se passait. Star leur expliqua que, lorsqu'elle était venue rendre visite à Hilda à l'heure du déjeuner, elle avait découvert Arabesque gisant dans sa cage. Les deux religieuses, désolées d'apprendre la disparition du pauvre petit rongeur, entreprirent de nous réconforter en bonnes sœurs.

– Oh ! mes chères, mes chères petites, répétaient-elles comme si nous avions cinq ans.

Puis elles ont déclaré que nous devions dire des prières pour ce pauvre Arabesque, même si les lapins n'avaient pas d'âme. Nous avons donc récité un Je vous salue Marie et un Notre Père. Et curieusement, ça nous a un peu calmées.

Le reste de la journée fut un véritable enfer.

La mort d'Arabesque n'empêcha pas Poppy et Honey de mener leur campagne de Post-it contre moi. A chaque intercours, je me retrouvais avec un de ces trucs dans le dos. Ils disaient tous à peu près la même chose : « Tu es foutue, Calypso », « T'es morte ».

Je ne pouvais m'empêcher de penser combien ça avait dû être pénible pour cette pauvre Georgina de tenir le petit corps froid d'Arabesque dans ses mains. D'ailleurs, elle n'avait rien avalé de tout le dîner. Comme elle n'avait pas terminé son plateau-repas le midi non plus, elle fut convoquée chez sœur Dempster pour un sermon sur les dangers de l'anorexie.

Pendant l'étude, Star me fit passer un petit mot dans son livre d'anglais : *J'espère que Georgina ne va pas recommencer avec ses histoires d'anorexie !*

Je n'y avais pas songé et ça m'inquiéta. J'ai hoché la tête pour lui signifier que j'avais bien reçu sa missive puis je l'ai déchirée en mille morceaux avant de la jeter dans une poubelle pour que personne ne la lise.

La chute. 10

– Je pense que nous devrions l'enterrer le plus vite possible, dis-je à Star tandis que nous attendions le retour de Georgina de l'infirmerie, assises dans notre chambre. Je ne supporte pas l'idée qu'il soit toujours dans sa cage.

– Tu as raison. En plus, ça doit être troublant pour les autres animaux. C'est vrai, j'ai eu la sensation qu'Hilda était très perturbée tout à l'heure. Je te jure.

Pour autant que j'avais pu en juger, cette chère Hilda n'avait montré aucun signe de dérangement mental et avait tourné frénétiquement dans sa roue comme à son habitude pendant toute la journée, cependant je dis:

– Je suis tout à fait de ton avis.

– Tu ne penses pas que nous devrions demander à sœur Constance l'autorisation de l'enterrer? Je pourrais confectionner une petite croix pour sa tombe.

Il y avait un cimetière pour animaux dans Phipp's Forest, mais aucune de nous n'y était jamais allée. C'était trop triste.

– C'est très gentil de ta part. Mais je ne sais pas, Georgina est un peu...

– Je ne crois pas. Elle est plutôt sympa finalement, déclara Star. Je dirais même que je la trouve de plus en plus sympa. Mais j'ai l'impression que Honey a une très mauvaise influence sur elle... Alors, on demande à sœur Constance, pour l'enterrement ?

– « Mesdemoiselles, n'oubliez pas que les animaux n'ont pas d'âme ! », répondis-je en imitant la religieuse.

– Oh ! laisse tomber ces stupidités, tu veux...

Juste à ce moment-là, Georgina est entrée dans la chambre, flanquée de sœur Constance.

– Merci, Star. Calypso a raison. Les animaux n'ont pas d'âme et ce rongeur n'aura donc pas droit à des funérailles. Néanmoins, nous organiserons une petite bénédiction demain pendant la pause du matin. Ce sera une bonne façon pour Georgina et ses amies de lui dire un dernier adieu. Je vais demander au père Conran de s'en charger.

– Merci, ma sœur, avons-nous répondu en chœur, Star et moi.

Georgina ne disait rien. Elle n'avait pas l'air bien. Elle avait le visage rouge et les yeux bouffis. Sœur Constance passa son bras autour de ses épaules avec sa raideur maladroite habituelle.

– Il faut lui faire un petit cercueil, déclara soudain Georgina.

Honey entra. Georgina ne lui prêta pas attention, même quand elle s'approcha pour lui prendre la main.

– Pourquoi tu ne l'enterres pas dans son sac de voyage Vuitton ? suggéra Honey. De toute façon, c'est le dernier trimestre, chérie. On t'achètera un de ces adorables sacs de Prada qui viennent de sortir, et pourquoi pas un lapin rose. Oui, ce serait super ça, non ? De toute façon, j'en ai marre de Claudine. Je la donnerai à une des pensionnaires et m'en achèterai un rose, moi aussi. Ou un mauve. Oui, mauve ! C'est très tendance, le mauve, tu sais !

Honey avait débité tout ça d'une traite sur le même ton désinvolte qu'elle prenait quand elle discutait vêtements ou chaussures.

Georgina dégagea sa main de celle de Honey comme si elle craignait une quelconque contagion.

– Tu ne comprends vraiment rien ! Arabesque était mon meilleur ami, pas un accessoire de mode. Il est mort, et toi tu en parles comme s'il s'agissait d'une vulgaire paire de chaussures. Honey, je te déteste !

A peine avait-elle fini sa phrase qu'elle se remit à pleurer.

Sœur Constance prit sa plus belle voix de mère supérieure, celle qui me faisait trembler les genoux.

– Ça suffit maintenant, mesdemoiselles. Je conçois que la perte de cet animal soit un moment pénible pour vous, miss Castle Orpington, mais cela ne vous aidera en rien d'insulter votre amie. Quant à vous, miss O'Hare, vous allez vous rendre dans la chapelle pour prier le Sacré-Cœur afin de trouver la compassion qui vous fait visiblement défaut pour aider votre amie à surmonter la perte cruelle qu'elle vient de subir.

– Comme vous voudrez, répondit la jeune fille en écarquillant les yeux, puis elle s'éclipsa sans demander son reste.

Heureusement que Clémentine, Arabella et un tas d'autres filles ont déboulé dans notre chambre pour consoler Georgina après le départ de sœur Constance, car je ne savais vraiment pas quoi lui dire.

Honey est revenue un peu plus tard. Elle comprit que nous étions contrariées et qu'elle n'était pas vraiment la bienvenue. Aussi, je fus surprise quand elle déclara de but en blanc :

– Au fait, Calypso chérie, tu peux emprunter une de mes robes de couturier pour le bal de Eades si tu veux. Je suppose que tu n'as rien d'assez chic à te mettre pour une telle occasion ?

Je suis restée quelques minutes bouche bée avant de répondre.

– Euh, oui..., je te remercie.

– Arrête tes conneries Honey, tu veux ! s'exclama Star. Comme si Calypso avait envie d'emprunter un de tes déguisements de grande dame !

J'aurais fusillé Star sur place si j'avais pu. Une fois de plus elle allait tout gâcher. C'est vrai, je n'avais rien de chic à me mettre, en tout cas rien d'assez chic pour un bal comme celui de Eades. Et puis c'était un quasi-miracle : non seulement Honey ne parlait plus de me tuer, mais elle me proposait une tenue pour le bal auquel elle me défendait d'aller quelques heures auparavant.

– Ok, répliqua Honey sur un ton pincé, je pensais simplement qu'elle t'irait très bien, chérie.

Je rêvais où elle venait de m'appeler « chérie » ! J'étais dans la quatrième dimension ou quoi ? Elle devait mijoter quelque chose pour se comporter ainsi ou alors elle espérait recouvrer les faveurs de Georgina en se montrant gentille avec moi.

– Euh..., tu parles de la bleu ciel, celle avec des lanières ? ai-je demandé aussi nonchalamment que possible.

– C'est ça. Elle est faite pour toi, chérie.

Alors comme ça, j'étais faite pour porter une robe de Honey O'Hare ? C'était nouveau. L'étonnement me laissa muette.

– Je ne peux décemment pas remettre la même robe qu'au bal du dernier trimestre, tu comprends ! Pour celui-là, j'ai décidé de porter mon dernier jean Earl avec un petit haut de chez Dior brodé de vrais diamants.

Élémentaire mon cher Watson !

– Merci, ai-je répondu, presque soulagée par la mesquinerie de sa réponse.

La soudaine gentillesse de Honey me mettait tellement mal à l'aise que j'en avais la chair de poule. Je sentis peser sur moi la réprobation de Star, mais je décidai de l'ignorer.

– Parfait, chérie, déclara Honey en soulevant ses cheveux d'un geste ample, et elle sortit sans autre commentaire.

Ce soir-là, nous étions tellement fatiguées par toutes les émotions de la journée que nous n'avons pas eu le courage d'aller récupérer nos portables chez miss Cribbe. Elle devait se sentir vraiment désolée pour nous, car elle prit la peine de les rapporter personnellement jusqu'à nos chambres, ce qui ne s'était encore jamais vu. La plupart des filles avaient deux portables : un officiel, qu'elles remettaient à notre chère vieille surveillante chaque soir au moment de l'extinction des feux, et un autre (en général un modèle dernier cri, avec appareil photo intégré) qu'elles gardaient sur elles en permanence. Pour mon grand malheur, je ne disposais que d'un seul portable. C'était un vieux modèle, qui tenait plus de la brique que du mobile, mais miss Cribbe me le remit avec déférence, comme s'il s'agissait d'une sainte relique.

Les filles se précipitèrent aussitôt sur leur microtéléphone hyper sophistiqué de la quatrième génération pour consulter leur messagerie ou appeler des copines.

Georgina ne toucha même pas au sien.

A tout hasard, je composai le numéro de ma messagerie. Surprise ! J'entendis la voix du prince Freddie qui me demandait avec un accent de gangster new-yorkais parfaitement imité : « Alors Foxy ? T'appelles pas, t'écris pas, tu viens plus m'voir ?

J'suis pas assez bien pour toi, c'est ça ? Tu veux plus de ton vieux Freddie ? »

Malgré mes efforts, je ne pus m'empêcher de rire.

– C'est lui ? me demanda Georgina les yeux brillants.

– Ouais.

– Il te manque beaucoup ?

A la douceur de son ton, je compris qu'elle parlait de Jay.

– C'est Freddie.

– Tu plaisantes ! s'écria Star.

Mais je sus qu'elle n'était pas surprise au clin d'œil qu'elle me décocha en prenant mon téléphone pour écouter le message. Une fois de plus, je n'eus pas le temps de l'en empêcher. Quelques secondes plus tard, elle éclata de rire. Georgina s'empara à son tour du téléphone et rit elle aussi en entendant l'accent new-yorkais de Freddie. Le message fit le tour de l'étage en un rien de temps pour la modique somme de trente cents par personne.

C'était la première fois que quelqu'un payait pour écouter un de mes messages. Alors que Star en avait déjà profité, le jour où le célèbre musicien Ozzy Osbourne l'avait appelée pour lui souhaiter son anniversaire.

Tandis que nous nous lavions les dents dans notre petite salle de bains, je me suis demandé tout haut comment le prince Freddie avait eu mon numéro de portable. Je surpris le regard coupable de Star dans le reflet du miroir.

– C'est toi ?

– Tu m'en veux ?

Elle avait l'air inquiète.

– Il me l'a demandé au tournoi d'escrime, l'autre jour, poursuivit-elle, et je...

Je ne lui ai pas laissé terminer sa phrase. Je l'ai attrapée pour la serrer dans mes bras et je l'ai soulevée en l'air, tellement j'étais heureuse. Le prince Freddie m'avait appelée. Mon Dieu !

La chambre était plongée dans l'obscurité, nous étions couchées depuis un moment, quand Georgina me demanda :

– Alors, maintenant tu vas aller au bal ?

– Je crois, oui, ai-je répondu en essayant de dissimuler mon excitation.

– Tobias est TRÈS soulagé, tu sais. Il ne supportait pas l'idée que tu n'y ailles pas.

Un murmure à mon oreille me tira de mon premier sommeil.

– Calypso, promets-moi une chose, me demanda Georgina d'une voix à peine audible.

– Quoi ?

– Je sais que je ne devrais pas dire ça d'une vieille copine comme Honey, mais promets-moi de ne jamais lui faire confiance.

– OK, répondis-je.

Ça ne m'engageait pas à grand-chose, car il y avait peu de chances que je fasse confiance à quelqu'un comme Honey. La réflexion de Georgina m'intriguait néanmoins. Pourquoi m'avait-elle demandé ça ? Avait-elle peur pour moi ou craignait-elle de perdre Honey si je devenais son amie ? J'avais beau retourner cette question dans ma tête, je ne trouvais pas de réponse, ni le sommeil d'ailleurs. Je décidai de questionner Star dès le lendemain matin. En tout cas, une chose était certaine : Georgina n'était pas une inconditionnelle de Honey comme je l'avais toujours cru.

Les funérailles d'Arabesque. 11

La cérémonie organisée pour l'enterrement d'Arabesque fut très réussie malgré les trombes d'eau qui tombaient du ciel. Nous étions blotties les unes contre les autres sous de grands parapluies noirs que les sœurs avaient dénichés par miracle.

La cérémonie se déroula dans une petite clairière de Phipp's Forest, près du terrain de hockey, où l'on enterrait les animaux morts à Saint-Augustin depuis plusieurs années. L'odeur de bois humide qui se dégageait de la chênaie voisine contribuait à donner à cet événement un caractère sacré. Je crois que toutes le ressentirent.

Une petite croix en bois se dressait sur chacune des tombes. Certaines étaient peintes de couleurs vives et toutes portaient le nom de l'animal enterré, suivi de la mention « Qu'il repose en paix ».

Star avait confectionné une croix pour Arabesque. Elle l'avait peinte en noir et avait inscrit le nom du défunt lapin en lettres blanches stylisées à la façon de l'alphabet arabe, mais à la façon seulement, car aucune d'entre nous ne parlait cette langue. On avait déjà bien assez de mal comme ça avec le français et le latin !

Plusieurs sœurs (un « troupeau de nonnes », comme nous disions parfois) étaient venues assister aux funérailles. Parapluie contre parapluie, nous nous tenions toutes par la main pendant que le père Conran, debout sous la pluie dans son costume sacré, tel un saint, récitait des prières et nous aspergeait d'eau bénite.

Mr. Morton, le gardien de l'école, avait troqué son habituel pardessus gris contre un manteau noir, plus adapté à l'occasion, bien que la solennité de sa tenue ait été quelque peu compromise par son parapluie vert vif sur lequel s'étalait en grosses lettres blanches le nom de la célèbre bière Heineken. Il avait pris soin d'apporter des rubans de satin noir pour faire descendre la boîte en carton qui contenait le corps d'Arabesque dans le trou qu'il avait creusé un peu plus tôt dans la matinée. C'est une des choses que j'aime dans la religion catholique : le sens de l'événement et du cérémonial.

Tandis que le petit cercueil disparaissait dans la terre fraîchement creusée, nous avons entonné la chanson favorite d'Arabesque, un air du chanteur Robin William, qui se révéla plutôt joyeuse. Aucune des sœurs ne connaissant les paroles, elles se contentèrent de chantonner des « la la la la » de leurs drôles de petites voix aiguës. Et puis nous avons toutes pleuré, parce que..., parce que ça se fait dans ce genre d'occasion, voilà tout.

Même Honey, qui serrait Claudine dans ses bras, avait les larmes aux yeux, quoique la connaissant, on pouvait s'imaginer que c'était plutôt des gouttes de pluie.

Après la cérémonie, nous avons marché jusqu'au couvent, où les sœurs nous avaient préparé une petite collation. Elles nous invitaient souvent à prendre le thé. Nous trouvions toujours cela très amusant car elles nous traitaient comme si nous étions les personnes les plus intéressantes de la terre. Les sœurs nous servaient toujours le même genre de choses que les mamans préparent pour les goûters d'enfants : petits sandwichs, gâteaux au chocolat, pain d'épice et limonade. Ce jour-là, elles ne firent aucune remarque quand Claudine recracha son concombre sur leur canapé.

Cet après-midi-là, une des anciennes élèves de Saint-Augustin est venue nous parler de Raleigh International, une organisation caritative qui offrait la possibilité aux jeunes bacheliers de partir pendant quelques mois pour participer à des projets humanitaires dans le monde. Elle avait des cheveux bruns très longs et une peau magnifique. Elle nous a montré les diapos d'une école qu'ils construisaient dans un pays d'Afrique, et nous a raconté tout un tas d'anecdotes amusantes sur les travaux et sur les enfants de là-bas. Rien à voir avec les conférences barbantes habituelles. Elle disait que, bien qu'ils soient très pauvres, les enfants avaient des préoccupations similaires à celles des enfants d'ici. Elle nous fit part de leur étonnement devant les photos de Saint-Augustin, surtout devant celle de la salle d'arts plastiques. Elle avait même apporté une peinture que les élèves de sa classe avaient réalisée.

Sœur Veronica et sœur Hillary se chargèrent de la faire passer parmi l'assistance. On aurait dit une BD. C'était drôle et très coloré. Ils s'étaient tous représentés et avaient inscrit leur nom en bas de leur visage comme des tags. J'étais admirative qu'ils puissent faire preuve d'une telle créativité alors qu'ils n'avaient pas même de murs à leur école, sans parler de tout le superflu comme la télévision, le téléphone et les ordinateurs.

Après avoir écouté cette jeune fille, je me sentis profondément futile de m'être inventé un petit ami pour changer le cours de ma vie. En sortant de la conférence, Star et moi avons discuté de ce que nous pourrions faire après le bac. Honey nous a interrompues pour dire que sa mère lui avait déjà prévu un stage de trois mois chez *Vogue*.

– Tu vois, Honey, c'est ça que j'adore chez toi, déclara Star, ton incroyable désir d'aller voir au-delà de ton petit horizon sans aucun intérêt. Avec un peu de chance, ils te demanderont comment distribuer du maquillage aux populations qui meurent de faim !

J'étais toujours impressionnée par la façon dont Star osait affronter Honey, mais surtout je fus surprise de constater que Clémentine et Arabella avaient pouffé en entendant leur conversation.

Le visage de Honey s'empourpra et je crois bien qu'elle aurait frappé Star si Georgina ne les avait pas interrompues pour leur faire remarquer qu'elles avaient bien le temps d'y réfléchir, étant donné qu'elles ne passeraient le bac que dans trois ans, et que si elles continuaient, elles allaient être en retard au cours de latin.

J'ai profité de l'heure de latin pour écrire à Freddie. Au lieu de traduire un texte de Cicéron, j'ai rédigé une petite lettre dans laquelle je le remerciais pour son coup de fil et lui racontais la punition que nous avait infligée sœur Constance à la suite de notre bataille à la cantine. J'ai fait de mon mieux pour rendre l'incident le plus drôle et le plus exotique possible. Puis j'ai signé d'un simple « Calypso » après bien des hésitations. Pas question d'avoir l'air déjà accro.

Après l'étude, pendant que Star était sortie acheter des bonbons et que Georgina prenait sa douche, je me suis allongée sur mon lit et j'ai essayé d'imaginer ce que je ferais si mes parents étaient tués à la guerre et si je n'avais pour reconstruire ma vie que des briques de boue et l'aide humanitaire.

Puis j'ai regardé les photos de Jay sur le mur. Oh ! elles avaient fait leur effet, mais ce mensonge me mettait mal à l'aise : ce n'était pas moi. Soudain, j'ai ressenti une telle colère contre moi-même que je les ai arrachées du mur et les ai jetées à la poubelle, après les avoir déchirées en mille morceaux. Puis j'ai passé la main sous l'oreiller pour prendre mon exemplaire de *L'Amour dans un climat froid*, que j'ai commencé à relire pour la centième fois.

Nancy Mitford, l'auteur, avait survécu à la guerre et grandi dans une famille encore plus déjantée que celle de Star. Son père les avait chassés, elle et ses frères et sœurs, à l'aide de chiens. Et malgré la pluie de bombes qui s'abattait quotidiennement sur Londres, elle avait réussi à écrire plusieurs livres. Écrire. C'est ce que je voulais faire.

La poétesse Dorothy Parker aussi avait connu une enfance dramatique. Sa mère était morte quand elle était petite et, quelques années plus tard, son frère avait péri à son tour sur le *Titanic*. Cela ne l'avait pas empêchée de travailler pour *Vanity Fair* dès l'âge de vingt et un ans.

La question s'est soudain imposée à moi. Qu'est-ce que je ferais à l'âge de vingt et un ans si ma seule préoccupation était de m'intégrer dans le groupe des Divas ? Je devais me recentrer sur ce que je désirais vraiment. Lire, écrire et faire de l'escrime. Voilà ce qui me tenait à cœur. Et aussi me faire accepter telle que j'étais au lieu d'essayer de plaire à des snobinardes sans ambition. Cela dit, j'aimerais quand même bien plaire à quelques garçons.

Au moment où j'allais me glisser bien au chaud sous ma couette, malgré le bruit de l'eau j'ai entendu distinctement Georgina qui vomissait dans la douche.

Je me suis levée et j'ai essayé d'ouvrir la porte de la salle de bains. Rien à faire, elle était fermée à clé. Alors je me suis assise avec mon livre sur les genoux et j'ai attendu qu'elle sorte. Mon regard se perdait parmi les chênes de Puller's Wood tandis que Georgina crachait et crachait encore le peu qu'elle avait avalé au réfectoire. Ça avait l'air assez pénible. Puis elle s'est arrêtée et a tiré la chasse. Elle avait une mine radieuse en sortant de la salle de bains et m'a demandé ce que je lisais.

J'aurais voulu lui dire quelque chose, mais je ne trouvais pas les bons mots. Pas question d'avoir l'air d'un professeur qui sermonne son élève. Si seulement Star avait été là ! Elle aurait su quoi dire, elle. Pour finir, je lui ai simplement demandé si elle se sentait bien.

– Bien sûr, pourquoi est-ce que je ne me sentirais pas bien ? m'a-t-elle répondu sur le ton mêle-toi-de-ce-qui-te-regarde-et-arrête-de-me-poser-ce-genre-de-question !

– Je sais pas, je demandais ça comme ça, ai-je répondu en me replongeant dans ma lecture.

– Nancy Mitford ! j'adoooore ! s'exclama soudain Georgina comme s'il ne s'était rien passé. Mon roman préféré, c'est *Un talent contrarié*, pas toi ?

– Si, c'est super, ai-je répondu sans grande conviction.

Son déni de la situation me rendait nerveuse. C'est alors que je me suis entendue prononcer les mots qui allaient tout changer pour moi, sans que je puisse les arrêter : « J'adorerais écrire ».

– Pourquoi on ne se lancerait pas, alors ? On n'a qu'à organiser un cercle littéraire.

Je l'ai dévisagée, interloquée.

– Tu veux dire comme *Le Cercle des poètes disparus ?* Euh, je crains qu'il ne nous soit impossible de réunir assez de filles pour occuper toutes les chaises autour de la table.

– Non, plutôt comme les « Hons », dit-elle en se référant au nom de code que Nancy Mitford utilisait dans ses livres pour désigner une société secrète fondée par les enfants Mitford quand ils étaient jeunes. Une assemblée de quelques privilégiés qui se réuniraient dans un placard chauffé par une bouilloire pour parler avec impertinence de la vie et de la mort, de tout et de rien, et du reste. Tu ne trouves pas ça fabuleux comme idée ?

– Tu crois vraiment que ça pourrait marcher ? lui ai-je demandé, encore sous le coup de son soudain changement d'humeur et de la découverte inattendue d'un centre d'intérêt commun.

Une minute plus tôt, elle me traitait comme si j'étais sœur Dempster en personne, et maintenant elle bavardait avec moi au sujet de la création d'un atelier d'écriture.

– Écoute, ma chérie, dit-elle en s'asseyant à côté de moi sur le lit, il faut absolument qu'on le fasse. J'ai besoin de me changer les idées.

J'étais bien d'accord avec elle.

– Alors les filles, vous voilà redevenues les meilleures amies du monde, à ce que je vois ! nous lança miss Cribbe qui faisait sa ronde du soir.

Nous avons éclaté de rire. Plus pour la façon dont elle l'avait dit que pour ce qu'elle avait dit. C'est à ce moment-là que je me suis aperçue que nous étions en train de devenir amies, Georgina et moi. Bien que ce soit elle et son petit groupe qui aient fait de ma vie dans cette pension un enfer depuis le premier jour, je découvrais un autre côté de sa personnalité. Peut-être qu'elle aussi avait découvert un autre aspect de ma personnalité, qui sait ? Peut-être aussi que la Georgina que j'aimais bien n'existait qu'en l'absence de Honey O'Hare.

En tout cas, je ne me suis pas fait prier pour cette histoire de cercle littéraire, et j'ai tout de suite accepté. J'ai même suggéré que l'on trouve d'autres membres sur-le-champ.

– Nous sommes déjà six, décréta Georgina, notre chambre et celle de Honey.

Un sentiment d'échec me submergea. L'idée même d'avoir quelque chose à voir avec Honey me faisait horreur. Et j'imaginais d'avance la réaction de Star.

Le dernier cercle où l'on cause . 12

Nous avons tenu notre première réunion littéraire le soir même, après l'extinction des feux, à la lueur de nos lampes torches. Comme je l'avais prévu, Star m'avait fait part de ses doutes pendant notre séance de brossage de dents.

– T'es dingue ou quoi ? Franchement, je vois pas l'intérêt d'organiser des discussions littéraires avec Honey. De toute façon, il peut geler en enfer et miss Cribbe peut devenir reine, rien, tu m'entends, rien ne m'obligera jamais à faire partie d'un groupe dont cette horrible peste est membre !

Alors je l'ai suppliée, j'ai même fait le clown triste – celui qui laisse pendre sa brosse à dents de sa bouche en roulant des yeux comme des boules de billard.

– OK. T'as gagné. Mais je te préviens qu'il va nous falloir beaucoup de gloss. Beaucoup !

L'écriture n'avait jamais été le truc de Star. Les livres non plus, d'ailleurs. J'avais déjà essayé de lui faire lire Nancy Mitford à plusieurs reprises, mais à chaque fois j'avais laissé tomber car il lui fallait des mois pour venir à bout du moindre bouquin. Star préférait la musique. D'après sœur Hillary – qui vénérait Thomas Hardy (beurk!) – il était impossible de susciter des vocations littéraires. Sur ce point, Mrs. Topler ferait bien de l'écouter, elle qui voulait toujours nous imposer des auteurs que nous détestions.

Quand les filles se sont faufilées dans notre chambre – Honey portait ses chaussons Jimmy Choo à talons aiguilles –, Star a ouvert de grands yeux et s'est penchée aussitôt pour attraper son gloss sur la table de nuit.

– Pourquoi s'embêter avec ces foutaises littéraires, Georgina chérie? déclara Honey. On pourrait juste sortir la vodka et les bonbons et parler garçons, non?

Je ne pouvais pas voir son visage à cause de l'obscurité, mais j'imaginais sans peine la moue qu'elle devait faire.

– Écoute, Calypso et moi on a pensé que ce serait un merveilleux moyen de collecter de l'argent pour Enfants du monde, tu sais, notre punition.

Je rêvais ou Georgina avait dit «on»?

Honey grogna.

– Quand est-ce que vous avez décidé ça? demanda Star.

– Euh... J'allais dire: «juste après que Georgina a vomi dans la douche», mais je me suis retenue à temps... Quand tu es sortie acheter des bonbons.

– Voilà, continua Georgina, comme il faut qu'on trouve de l'argent, Calypso a eu cette super idée d'organiser un concours littéraire. On demande à toutes les filles de Cleathorpes d'écrire quelque chose de satirique, on organise une séance de lecture à haute voix et on vote pour désigner le gagnant.

La tête me tournait. Georgina était tellement enthousiaste qu'elle parlait sans s'arrêter, c'est à peine si elle reprenait son souffle entre deux phrases.

– On pourrait donner une amende de cinq livres à celles qui refuseraient de participer, par exemple.

– Ah ! ça, ça me plaît, déclara Honey qui passait son temps à inventer des motifs d'amendes.

Au cours du premier trimestre, elle avait essayé (et presque réussi) d'imposer une contravention aux filles qui n'avaient pas les cheveux raides.

– Euh, je vais peut-être dire quelque chose de stupide, mais est-ce que vous pensez que tout le monde comprendra ce qu'on entend par « satirique » ? demanda Star en regardant avec insistance en direction de Honey.

– C'est effectivement stupide, s'empressa de répondre cette dernière en grimaçant.

– Très bien. Alors dites-moi ce que veut dire « drainage de cerveau », répliqua Star en forme de défi.

Honey, dont les yeux s'arrondirent d'étonnement, releva sa lampe torche à hauteur de visage. Visiblement, elle n'avait pas la moindre idée de ce que ça signifiait.

– Moi, je donne ma langue au chat ! déclara Clémentine.

– C'est une blague, n'est-ce pas ? hasarda Arabella en me regardant pour obtenir confirmation.

– Si on veut, répliquai-je, ou une farce, pour être plus précis.

– Ça n'a pas vraiment d'importance que les gens sachent ou pas ce que ça veut dire. On leur demandera d'écrire quelque chose de drôle et de bien ficelé..., mais pas méchant, précisa Georgina en regardant Honey.

– Exact. Humoristique sans être vachard, ai-je insisté en pensant très fort à Honey que je n'osais pas regarder.

Honey émit un nouveau grognement et s'allongea sur le lit en mettant ses pieds sur mon oreiller.

J'ai suggéré que l'on commence par un chapitre d'un livre de Nancy Mitford, le plus satirique de tous les auteurs à mes yeux.

J'ai commencé par lire à haute voix le célèbre passage où l'oncle George chasse les enfants avec ses chiens de meute. Contrairement aux autochtones, qui le prennent pour un sadique complet, le lecteur découvre que l'oncle n'est qu'un vieil excentrique dont les chiens de chasse se contentent de lécher les enfants.

Nous avons ri sous cape pour ne pas éveiller l'attention du cerbère Cribbe, puis Georgina a entamé la lecture d'un poème de Dorothy Parker qui parlait du malheur d'être incompris.

– C'est horrible d'être incompris, dit Georgina

en poussant un profond soupir à la fin de la première strophe, comme si elle savait ce que c'était.

Star s'agitait nerveusement. Quand je lui ai demandé ce qui la préoccupait, elle m'a répondu qu'elle trouvait ça très injuste de taxer les filles qui ne pouvaient pas écrire.

Cinq paires de sourcils à la courbe parfaitement dessinée se levèrent en entendant la remarque de Star (je ne comptais pas les miens, loin d'être parfaits puisque je les épilais moi-même!). Après tout, les amendes faisaient partie de la vie à Saint-Augustin, au même titre que les clopes, les paris et la vente des « écoutes téléphoniques ».

– Qu'est-ce qu'il y a, c'est au-dessus de tes moyens? demanda perfidement Honey.

Star retroussa sa lèvre supérieure avant de répondre.

– Pas du tout, mais il me semble que nous cherchons à récolter de l'argent pour une bonne cause et je ne pense pas que le système des amendes soit le meilleur moyen d'y arriver.

– Et pourquoi pas? Je suis sûre qu'on ramasserait une fortune si on se pointait un soir chez les secondes et qu'on leur mettait la pression, rétorqua Honey avant de ricaner comme une hyène, sans se rendre compte que ça ne faisait rire personne d'autre.

– T'es vraiment ignoble, ma pauvre Honey! s'esclaffa Star, dégoûtée. On pourrait peut-être aussi gagner de l'argent en te chassant aux chiens de meute? Qu'en penses-tu?

Elle la toisait avec une haine si peu dissimulée que j'en eus froid dans le dos.

– Mieux, on pourrait chasser ton rat pourri. Je suis sûre que toute l'école serait partante, vous croyez pas, les filles ? ricana Honey en levant les yeux pour chercher le regard approbateur de ses amies (pas Star et moi, bien sûr, nous n'existions pas).

Georgina se mit à pleurer. Clémentine et Arabella lui offrirent une cigarette pour la calmer, et Star alla s'asseoir sur le lit de Georgina pour fumer avec elles. Je venais de vaporiser un peu de Febreze au cas où, quand Honey alluma une cigarette au beau milieu de la chambre. Que se passerait-il si je lui envoyais une giclée de Febreze en pleine figure : est-ce qu'elle exploserait ou est-ce qu'elle flamberait comme une torche ?

– Pourquoi ne pas appeler ça des « donations » et non des amendes, si c'est le terme qui est choquant ? proposa Clémentine qui venait de rentrer la tête après avoir expiré sa fumée par la fenêtre.

Honey laissa tomber sa cendre dans un de mes chaussons (les roses Hello Kitty que j'adorais plus que tout). J'étais très contrariée, mais une fois de plus je ne savais pas comment le dire.

– Eh ! mais c'est le chausson de Calypso, pas un cendrier ! s'exclama Georgina.

Honey s'ébroua.

– Oh ! je suis désolée, chérie, je n'avais pas vu, s'excusa-t-elle auprès de Georgina.

Sauf que le chausson était à moi !

Star le vida par la fenêtre, l'aspergea de Febreze, puis se retourna et en envoya une giclée dans le dos de Honey.

– C'est peut-être une bonne idée pour collecter de l'argent, mais moi je n'écris que des choses morbides et glauques. La veine satirique n'est pas vraiment ma spécialité.

– Tiens ! je ne savais pas que tu en avais une, Star, commença Honey.

Georgina se tourna vers elle et lui coupa la parole.

– Pour l'amour du ciel, on s'en fout que tu ne sois pas un génie littéraire. Puis elle murmura : « de toute façon Tobias est incapable de lire : il est analphabète » en bouchant avec ses mains les oreilles de son ours.

– Si vous voulez mon avis, tout cela n'est qu'une perte de temps, grogna Honey. Cette punition est stupide. On n'a qu'à demander à nos pères de faire un bon gros chèque, comme les œuvres de charité les aiment, et l'affaire sera réglée.

Je voyais mon rêve de cercle littéraire fondre sous mes yeux comme neige au soleil.

– Mais il ne s'agit pas que de ça, dis-je.

– C'est vrai, j'oubliais que ton père n'avait pas les moyens, me fit-elle remarquer d'une voix sirupeuse en souriant d'aise, tel un chat qui vient de laper la crème du lait. Remarque qu'à nous cinq, en faisant un petit effort, on devrait pouvoir se cotiser pour payer ta part.

– Tu sais quoi, Honey, va te faire voir ! explosa Georgina.

Je n'en croyais pas mes oreilles. J'étais stupéfaite. Les autres aussi. Surtout Honey, qui resta un long moment immobile à fixer Georgina en se demandant si c'était une plaisanterie ou si elle avait bien entendu. Nous, nous la regardions en silence, le genre de silence qui en dit long. Honey comprit qu'elle avait poussé le bouchon trop loin et s'était ridiculisée. Mais comme « Honey sera toujours Honey », elle a rajusté son peignoir pour se donner une contenance et a déclaré d'un ton sans appel que « de toute façon elle ne voulait rien avoir à faire avec notre stupide cercle littéraire », puis elle est sortie en claquant la porte derrière elle.

Nous avons écouté en silence le cliquetis de ses chaussons Jimmy Choo s'éloigner dans le couloir.

– Cette fois, elle a vraiment disjoncté, déclara Clémentine en s'adressant à Star.

Il faut croire qu'elles avaient parlé de Honey à l'occasion d'un de leurs voyages dans la limousine du père de Star lors d'un week-end de sortie.

– D'après maman, leur mère attend toujours que lord Aginet la demande en mariage et met ses hésitations sur le compte de Honey et Poppy.

– Qui veut de la vodka ? ai-je demandé à la cantonade pour faire diversion.

Même si toutes les cellules de mon corps exécraient Honey, je ne voulais pas que notre projet de cercle tombe à l'eau à cause d'elle, ni gâcher le reste de la soirée à médire sur son compte.

– Bonne idée, portons un toast à notre nouveau cercle littéraire, proposa Georgina. Je suis persuadée que c'est le début d'une belle aventure.

J'ai filé dans la salle de bains chercher la vodka. Une fois les cinq bouteilles de Body Shop Special's vidées, nous avons pu lever nos verres pour porter un toast à la lueur de la lampe torche. Georgina a pris le bras de Star et lui a conseillé de ne pas mélanger sa vodka cette fois. C'est à ce moment-là que nous avons entendu les pas de miss Cribbe qui s'approchaient de notre chambre.

Il y a eu un moment de panique, le temps de refermer les bouteilles de vodka, d'éteindre les lampes et de plonger sous les duvets. Clémentine et moi nous sommes serrées l'une contre l'autre en essayant de ne pas rire. Comme d'habitude, miss Cribbe a ouvert la porte, elle a passé la chambre au crible du faisceau lumineux de sa lampe, s'est immobilisée un instant pour écouter le bruit de nos respirations puis a mis la poubelle devant la porte pour la maintenir ouverte avant de repartir, l'oreille en alerte.

Plus personne n'osait respirer.

Quand les pas se furent enfin éloignés, nous avons sauté de nos lits, allumé les lampes torches, enlevé la poubelle, et plongé la tête dans les oreillers pour étouffer nos fous rires.

– Je crois que j'ai une idée, déclara Star un peu plus tard dans la soirée. Au lieu de distribuer des amendes aux pensionnaires, nous devrions faire un journal. Une sorte de magazine avec des articles amusants sur les élèves ou sur les professeurs. On pourrait même mettre des illustrations et les vendre. Si c'est drôle, tout le monde voudra l'acheter. Qu'est-ce que vous en dites ?

Le père de Star avait raison, c'était un génie.

– J'en dis que c'est une super idée ! s'écria Arabella, tout excitée.

– Il faudrait lui trouver un nom génial, ajouta Clémentine.

– Mais qu'est-ce qu'on va faire si les professeurs refusent ? ai-je fait remarquer, Mrs. Topler, par exemple. Je suppose qu'elle trouvera toute littérature un tant soit peu ludique contraire à son éthique.

– Elle ira se faire voir, a répondu Georgina en ricanant bêtement.

– Nonne y soit qui mal y pense ! s'exclama Star.

– Quoi ?

– Nonne – comme dans NONNE – y soit qui mal y pense ! On pourrait détourner la célèbre devise de l'ordre de la Jarretière pour donner un nom au journal !

Georgina porta Tobias à son oreille.

– Tobias me dit qu'il trouve ça génial ! cria-t-elle de joie en lançant son ours en l'air.

Compte à rebours. 13

Le bal de Eades était pour le lendemain soir, mais nous étions bien trop préoccupées par notre cercle littéraire pour nous en soucier. Je plaisante !

J'avais reçu dix-sept – je dis bien dix-sept – messages de Freddie sur mon portable depuis notre rencontre. Je n'en avais pas fait part aux autres, en tout cas pas de tous, et seule Star en connaissait le nombre exact. Si j'étais restée discrète, ce n'était pas tant par modestie que par crainte de me laisser emporter par mon excitation et de trop parler de Freddie, ce qui aurait été tragique, compte tenu de la situation.

La mémoire de ma messagerie était pleine et il me fallait détruire une partie des messages si je voulais en recevoir d'autres. Dilemme. J'aurais voulu garder chacun d'entre eux pour le restant de mes jours, comme ces femmes victoriennes qui conservaient leurs lettres en paquets noués par de jolis rubans roses (personnellement j'en aurais choisi des bleus, c'est ma couleur préférée).

Chaque fois que Freddie laissait un message, il imitait un accent différent. C'était drôle et, en plus, j'avais l'impression d'être quelqu'un d'unique. Son dernier accent en date était russe. « Chérrrrrri jeu neu peu plus attendrrre parrrtâger Borrrtsch avec toi. » Moi aussi j'improvisais toutes sortes d'accents, en prenant toujours soin cependant de ne pas répondre à tous ses messages de peur qu'il ne s'imagine que je n'avais rien d'autre à faire. Georgina trouvait ces messages très suggestifs et était pratiquement sûre que je sortirais avec lui. Star, elle, me taquinait en m'accusant de m'adonner au sexe textuel !

Après l'incident du cercle littéraire, Poppy et quelques-unes de ses amies firent une descente à Cleathorpes pour dire deux mots à Georgina. Poppy la gifla violemment, en la traitant de noms d'oiseaux pour avoir dit à Honey d'aller se faire...

A partir de ce jour, on ne vit plus Honey qu'en compagnie des amies de sa sœur aînée.

Clémentine était persuadée que la peste était allée se plaindre auprès de miss Cribbe qu'on l'avait empêchée de dormir ce fameux soir.

Tout le monde tomba d'accord. Même Tobias.

Apparemment, Georgina n'avait pas recommencé à vomir depuis ce jour-là. En revanche, elle s'était mise à fumer tous les soirs et je commençais à craindre qu'elle ne meure empoisonnée au Febreze ! Nous étions toutes très occupées par notre projet de cercle littéraire, même Star. Seule petite ombre au tableau : Honey avait recommencé à sévir avec ses Post-it, m'obligeant à éplucher mes chemises et mes T-shirts. Mais les appellations dont on me gratifiait me laissaient désormais indifférente. Je ne me sentais plus un « monstre ». Je dirais même que j'étais désormais certaine que Honey avait des problèmes bien plus graves que les miens.

Star me faisait garder tous les Post-it. Elle était persuadée qu'on pourrait en faire quelque chose d'artistique dans le journal. Arabella approuva et déclara qu'elle écrirait de petites notices humoristiques sur nous toutes.

– J'ai hâte de voir ce que tu vas raconter sur Honey ! dit Clémentine.

Georgina pouffa et se mit à l'imiter : « Écoûûûte, chérie, pourquoi on ne demanderait pas à daddy de payer un journaliste pour faire le boulôôôt ? »

Pendant que nous plaisantions, Star nous croquait sur son cahier à dessin. Elle avait fait une caricature de moi en tenue d'escrime avec des flèches qui montraient mes mèches en forme de cornes, et une autre de Honey, sur laquelle les flèches indiquaient toutes les zones de son visage qui avaient subi de la chirurgie esthétique, des injections de Botox ou de collagène.

Ma vie à Saint-Augustin avait tellement changé depuis quelques semaines qu'il m'arrivait parfois de me pincer pour vérifier que je ne rêvais pas. Au lieu d'être le vilain petit canard, j'étais maintenant membre d'un cercle littéraire qui travaillait à la sortie d'un journal. Et même si c'était le résultat d'une punition pour avoir participé à une bataille de nourriture à la cantine, c'était la première fois depuis que j'étais ici que je prenais part à quelque chose. Et pour couronner le tout, un prince, charmant et bien vivant, me poursuivait au téléphone !

Alors pourquoi avais-je toujours l'impression d'être une intruse dans un club très fermé, surtout en présence de Honey ? J'avais bien essayé d'en parler avec Star pendant l'échauffement, dans la salle d'armes, mais elle n'avait rien voulu entendre.

– Pourquoi tu nous bassines sans cesse avec tes histoires de classes sociales et d'intégration ? me répondit-elle presque agressivement à la fin d'un exercice. Se faire accepter tel qu'on est n'a rien à voir avec son milieu d'origine, contrairement à ce que tu crois. Commence par t'accepter telle que tu es avant d'accuser les autres de te rejeter.

Ma tête était en désordre. Star avait l'air fâché après moi, comme si je l'avais accusée de faire partie de LEUR monde, d'être une des LEURS. J'ai enfilé mon masque et j'ai salué en sachant très bien que j'étais beaucoup trop énervée pour faire quoi que ce soit de bon sur la piste. Si j'avais été plus raisonnable, je me serais retirée en prétextant une crampe ou un malaise. Mais c'est au cerveau que j'avais une crampe.

C'était un assaut amical présidé par le professeur Sullivan. Au cours de mon attaque au fer, Star a repris la main grâce à une parade habile, j'ai alors lancé tout mon corps dans une contre-attaque, mais j'ai perdu l'équilibre et me suis étalée de tout mon long à ses pieds. C'était très gênant.

« Halte ! » a crié Mr. Sullivan. Je me suis relevée et nous sommes retournées sur la ligne de départ. J'étais mortifiée. Mortifiée. Les mots de Star résonnaient dans ma tête comme des coups de marteau : « Commence par t'accepter telle que tu es ! » Pour la première fois je fus incapable de me concentrer sur mon escrime. En pensant à Freddie, j'ai essayé de faire comme si c'était lui mon adversaire. Ça n'a rien arrangé, au contraire. Star m'a complètement laminée.

Tandis que nous nous changions dans les vestiaires, elle a remarqué que j'étais toujours perturbée. Elle a passé son bras autour de mes épaules et m'a dit :

– Écoute, je fréquente ces filles-là depuis que je vais à l'école. Est-ce que tu crois que ça fait de moi l'une d'entre elles pour autant ?

– Non, tu as raison, tout cela est absurde, me suis-je entendue répondre en souriant et en la serrant dans mes bras.

Mais en quittant la salle d'armes derrière elle, je me suis dit que je pensais « oui » au fond de moi-même.

La veille du bal, Star, Georgina, Clémentine, Arabella et moi assistions au cours de Mrs. Topler qui nous faisait lire une de ses dernières trouvailles en matière de « réalisme littéraire » (une appellation de son cru). Je savais que c'était très important de prendre conscience de la dureté de la vie des femmes d'autrefois mais, franchement, est-ce que ça empêchait d'avoir un peu d'humour ?

Au milieu du cours, Mrs. Topler m'a demandé de venir au tableau. J'avais très peur qu'elle me donne un carton bleu pour avoir haussé les sourcils à chaque fois qu'elle nous disait de sortir le livre ennuyeux à mourir dont elle nous imposait la lecture.

– Alors, miss Kelly, j'ai appris que vous aviez fondé un cercle littéraire très privé.

J'ai regardé Honey qui contemplait le plafond.

– Je ne dirais pas exactement « très privé », madame.

– Non ?

– En fait, c'est plus ou moins lié à notre punition.

– Vous pouvez nous expliquer de quoi vous parlez ?

– C'est très simple : six d'entre nous se sont vu confier la tâche de collecter de l'argent pour une organisation caritative appelée Enfants du monde. Ils aident…

– Oui, oui, je connais très bien cette association et l'excellent travail qu'elle accomplit partout où les enfants souffrent.

– Eh bien, nous devons trouver des moyens de récolter de l'argent, et ce cercle littéraire est l'un d'entre eux.

– Un moyen que vous ne souhaitez pas partager avec les autres, si j'ai bien compris ?

Georgina serra Tobias contre sa poitrine et se leva.

– Mrs. Topler, pourquoi vous acharnez-vous contre cette pauvre Calypso ? Nous sommes plusieurs sur ce projet et, que je sache, nous ne faisons rien de mal. Au contraire, nous essayons de mettre sur pied un magazine littéraire dont les colonnes seront ouvertes à toutes celles qui désirent s'exprimer.

– Je suis parfaitement au courant de ce projet de journal clandestin, miss Orpington, je vous remercie. Maintenant, asseyez-vous et rangez-moi cet ourson ridicule dans votre sac, s'il vous plaît. La seule chose dont je souhaite parler avec vous aujourd'hui, c'est du fait qu'il aurait peut-être été plus chrétien de discuter de votre projet dans un forum de littérature anglaise, c'est-à-dire à mon cours. Celui-là même auquel vous assistez en ce moment !

C'était donc ça ! Il avait suffi du souffle malveillant d'un professeur susceptible pour que notre rêve s'effondre comme un château de cartes. De toute façon, personne n'était dupe, ça n'aurait jamais marché. J'étais tellement absorbée dans la récitation d'un *Je vous salue Marie* que je n'ai pas entendu la fin du cours. « … Merci, vous pouvez disposer, au nom du Père, du Fils et du Saint-Esprit, amen. »

Je me suis dirigée vers la cantine sans rien dire, ni rien écouter des conversations. Même les nuggets de poisson et les frites ne m'ont pas remonté le moral. Seuls les coups de pouce de celles qui me placardaient des Post-it dans le dos me tiraient occasionnellement de ma torpeur. Tout le monde avait l'air épanoui sauf moi... preuve que j'étais un monstre, un vilain petit canard qui donnait beaucoup trop d'importance à la littérature satirique. Je n'arrivais même pas à m'enthousiasmer pour le bal de ce soir alors que toute l'école ne parlait que de ça. Assise à côté des autres, j'ai commencé à picorer mes nuggets sans grande conviction. Star a décollé les Post-it de ma chemise.

– Tiens ! celui-là est plutôt hard, me dit-elle en m'en tendant un sur lequel on pouvait lire : « Bon appétit, face de cul ».

– De mieux en mieux, ai-je répondu, blasée, car j'avais cessé de me tracasser pour ces petits mots injurieux.

– Tu ne crois pas qu'il serait temps de les montrer à sœur Constance ? suggéra Arabella. Je suis très sérieuse, Calypso. C'est du harcèlement. Père a déjà plaidé un tas d'affaires de ce genre, je suis certaine que si tu veux porter plainte, il te ferait un prix.

J'ai continué à mâchonner mes frites sans même songer à sourire du comique de la situation : Arabella, dont la famille pouvait pister ses origines jusqu'au IVe siècle de notre ère, me suggérait à moi, Calypso Kelly tout court, simple petite Américaine d'importation, d'intenter une action en justice contre Honey O'Hare, la fille d'une des femmes les plus en vue d'Angleterre et d'un pair de la nation !

Après le dîner, quand Star et moi nous sommes retrouvées seules, j'ai commencé à râler, plus contre moi-même que contre les autres pour une fois.

– Je ne comprends pas ce qui s'est passé.

– De quoi tu parles ?

– Du magazine.

– Pourquoi ? C'est super ! T'as pas entendu ce qu'a dit Mrs. Topler à la fin du cours ?

– Non... qu'elle allait nous interdire de le faire et nous repeindre en bleu, je suppose ?

– Mais tu es folle ou juste sourde ? On va nous autoriser à prendre du temps sur les heures de cours pour travailler au magazine, et ils vont même se charger de le faire imprimer !

Le grand soir . 14

Pendant que toutes les filles mettaient la dernière touche à leurs toilettes, j'étais coincée à l'infirmerie avec une méga diarrhée. J'aurais parié que Honey avait versé un laxatif dans mon dîner. C'est ce que tout le monde pensait d'ailleurs, même Tobias.

Mais le pire dans tout ça, c'est que l'horrible sœur Dempster s'évertuait à m'expliquer que « de son temps », les diarrhées emportaient la moitié de la population, et que personne ne se plaignait. J'avais des doutes sérieux, car elle n'avait que soixante ans, mais je me gardais de le lui dire. J'ai bien essayé de pleurer pour trouver le sommeil, mais sans succès.

Et comme si ce n'était pas assez pénible d'être privée de l'homme de ma vie pour la soirée, il fallait en plus que je supporte la présence de sœur Dempster tricotant à mon chevet... Elle me rappelait la vieille Mme Guillotine, qui avait passé toute la Révolution française à tricoter devant l'échafaud pendant que l'aristocratie se faisait décapiter sous ses yeux.

Je me sentais tellement mal que je n'ai même pas eu le courage de lui demander de m'apporter mon téléphone pour prévenir Freddie de mon absence. De toute façon, j'avais épuisé mon crédit.

Il me faudrait probablement vendre mon téléphone avant la fin du trimestre si je voulais survivre (soit dit en passant, qui voudrait de ma brique ?). C'était sympa d'avoir des amies, mais ça me coûtait une fortune rien qu'en bonbons et en pizzas si je voulais suivre le mouvement.

J'ai juré à Dieu d'arrêter les bonbons si j'étais assise à côté de Freddie au bal de ce soir. C'est juste à ce moment-là que j'ai dû me ruer aux toilettes.

Sœur Dempster a consulté la petite montre accrochée à sa blouse et a noté l'heure sur un bloc-notes. Elle aurait fait un merveilleux gardien de prison.

– Ma sœur, je pourrais peut-être prendre un autre comprimé, ai-je suggéré à mon retour des toilettes. Ça m'épuise de devoir y aller toutes les trois minutes.

– Faux ! Vous n'y allez plus que toutes les sept minutes ! C'est un progrès notoire, médicalement parlant. Essayez d'éviter les pertes liquidiennes et je vous redonnerai un comprimé dans une heure.

Le bal commençait dans une heure.

Quelqu'un frappa à la porte. C'était Honey qui venait savourer sa victoire.

– Ma pauvre chérie, ça n'a pas l'air d'aller très fort !

Elle portait la robe bleu ciel avec des lanières qu'elle avait promis de me prêter.

– Vous veillerez bien sur elle, sœur Dempster ?

– Soyez sans crainte, miss O'Hare, elle est entre de bonnes mains. Il faut qu'elle ne se déshydrate pas et qu'elle attende que les crampes se dissipent.

– Hum ! charmant ! Bon, profite bien de ta soirée, Calypso. C'est l'occasion rêvée de rattraper tes lectures en retard, toi qui adores ça ! Bye bye.

Je n'eus même pas le temps de répondre car je dus, une fois de plus, me précipiter aux toilettes de toute urgence. Ça ne s'arrangeait pas du tout. En sortant je me sentais si faible que j'ai fondu en larmes dans le couloir. Je commençais à m'apitoyer sur moi-même. L'apparition de Honey resplendissante de beauté dans ma/sa robe bleu ciel à lanières avait anéanti le peu d'espoir qui me restait d'aller à ce bal. J'étais désespérée.

– Regardez dans quel état vous êtes, mon petit ! s'exclama sœur Regina en me voyant.

Pour ma plus grande joie, elle venait de prendre la relève de sœur Dempster et se tenait dans l'embrasure de la porte de l'infirmerie, aussi haute que large, généreuse comme la vie.

– Oh ! ma sœur, ai-je gémi, je me sens si mal.

– Pas étonnant ! Vous allez prendre ces pilules tout de suite et boire beaucoup d'eau, dans laquelle vous mettrez les sels minéraux que j'ai posés près de votre lit. J'ai lu votre fiche. Si votre diarrhée ne se calme pas d'ici une heure, j'appellerai le médecin avant que vous ne vous vidiez complètement.

Une heure plus tard, nous feuilletions mon *Teen Vogue*, assises sur le très inconfortable lit de l'infirmerie en bavardant de choses et d'autres.

Je suppose que je ne mourrai pas de ne pas aller au bal de Eades. Enfin, plus ou moins.

Star a passé la tête avant de partir pour me déposer la maquette du magazine, histoire de me changer les idées. Sœur Regina a trouvé l'idée amusante et m'a demandé si nous accepterions que les sœurs y participent.

– Nous ne sommes pas contre une partie de rigolade de temps à autre, nous non plus, surtout depuis que la télévision marche moins bien. Ils n'ont rien trouvé de mieux que de nous supprimer l'abonnement à Sky TV, me confia-t-elle.

Sky TV regroupait une centaine de chaînes que les premières et les terminales avaient le droit de regarder.

– Mais pourquoi ?

– Le directeur a estimé que nous n'en avions pas besoin. Trop cher, a-t-il dit. – Elle croisa ses petits bras sur la poitrine et secoua la tête de dépit. – Tout est une question d'argent aujourd'hui.

– Quel radin ! Et comment êtes-vous supposées rester en phase avec le monde extérieur, sans télé ?

– Bonne question. Il s'en moque. Je crois, qu'il nous ferait puiser l'eau au puits comme les moines s'il ne craignait pas les lamentations de la mère supérieure.

Je ne sais pas pourquoi, mais tout à coup je me suis mise à pleurer. Je ne pouvais pas m'empêcher de trouver ça injuste de passer la soirée à l'infirmerie à discuter de problèmes d'intendance avec une bonne sœur, alors que j'aurais pu être en train de danser joue contre joue avec mon prince ! En plus, Honey devait s'en donner à cœur joie avec ma robe. Bon d'accord, SA robe, mais ça ne changeait rien au problème.

Sœur Regina me fit raconter mes malheurs. Dix minutes plus tard, j'étais assise sur la banquette avant de sa 2 CV, munie d'une plaquette de médicaments contre mes maux, et revêtue d'une petite robe noire confectionnée par une des élèves de première pour son examen de couture de fin d'année.

Je ne sais pas à quoi ressemblait cette jeune fille, mais sa robe était beaucoup trop courte et trop large pour moi. Sœur Regina insista pour arranger ça à l'aide d'épingles de nourrice, les grosses dont on se servait autrefois pour attacher les langes des bébés.

– Tu n'auras qu'à raser les murs si tu ne veux pas qu'on les voie, me suggéra-t-elle après m'en avoir fixé toute une rangée dans le dos.

Le voyage fut très shakespearien. Avec une touche de Wagner. Le lecteur de cassettes crachait la « Chevauchée des Walkyries », à tue-tête tandis que nous dérapions dans les virages en épingle à cheveux (décidément que d'épingles!) et foncions à tombeau ouvert sur les petites routes qui menaient à Eades College. Sœur Regina nous gratifia de ses talents de cantatrice durant tout le trajet. Avec son mètre cinquante, elle émergeait si peu derrière le volant que je devais lui indiquer les tournants, et même parfois l'aider à redresser le volant.

– C'est devenu très difficile de conduire pour moi depuis que le directeur nous a supprimé nos coussins, m'avoua-t-elle dans un tournant particulièrement périlleux à négocier.

Je lui promis d'écrire au directeur pour protester.

La 2 CV s'immobilisa dans un grand crissement de pneus au beau milieu de la cour illuminée du collège, où des hommes patrouillaient avec des chiens en laisse à la recherche de bombes et de drogue. Je sortis de la voiture et me dirigeai hâtivement vers l'entrée. Sœur Regina klaxonna et me héla de sa petite voix aiguë:

– Surtout n'oublie pas de raser les murs pour que personne ne voie les épingles… Je dirai dix rosaires pour que tu sois la plus belle du bal.

Dieu merci, seuls les gardes et les chiens entendirent les propos de la nonne.

La peste du bal . 15

En pénétrant dans le vaste réfectoire de Eades, avec ses imposants lustres qui pendaient du plafond et ses hauts murs tapissés de boiseries en chêne, je me sentis soudain comme une lilliputienne catapultée dans un monde de géants.

Le premier visage que j'aperçus – et le seul que je cherchais – fut celui de Freddie. Il était assis à côté de cette aristodingue de Honey. En les voyant ainsi côte à côte, j'eus l'étrange sensation que mon cœur s'écrasait sur le sol dans un bruit assourdissant. Quelle sotte j'avais été de venir !

La peste du bal était en train de picorer, et Freddie ne leva même pas les yeux de son assiette. Un valet en costume s'approcha de moi pour me diriger vers la table où je devais m'asseoir. Tandis que je traversais la salle pour rejoindre ma place, j'aperçus Freddie qui tendait le cou pour entendre les propos hilarants dont Honey gratifiait ses voisins entre deux bouchées.

Je scrutai la salle d'un rapide coup d'œil pour trouver Star, mais je ne la vis nulle part, et je fus prise d'une soudaine envie de tourner les talons et de courir jusqu'à Saint-Augustin. Cette nuit était maudite, je le sentais, moi la Reine de la prophétie du Jugement Dernier. Premièrement, je ne voyais pas comment j'allais pouvoir dissimuler mes épingles de nourrice au regard des autres convives, à moins de ne pas danser de toute la soirée. Deuxièmement, j'étais incapable d'avaler quoi que ce soit étant donné l'état de mon estomac. Conclusion, tout ce que je pouvais faire c'était rester assise et regarder stoïquement Honey draguer Freddie.

Super!

Mais où diable était donc Star?

J'étais placée à la table parallèle à celle de Freddie, juste derrière lui pour être précise, si bien que la seule chose de moi qu'il pouvait voir, c'était mon dos! Mon voisin de droite était un garçon boutonneux visiblement plus intéressé par la truite dans son assiette que par la conversation. Mon ventre grondait pendant que je regardais le prince disséquer méticuleusement son poisson: il extrayait chacune des arêtes avec une précision chirurgicale avant de les poser en tas sur le bord de son assiette.

A ma gauche, la place était vide. Alors je souris au moustachu du tableau qui ornait le mur d'en face car il était visiblement le seul avec qui je puisse établir un contact visuel dans cette assistance.

Le professeur assis en bout de table m'a saluée d'un « bonsoir » courtois. Il ressemblait à Lurch, dans la famille Adams. Quand il m'a regardée en haussant un seul de ses sourcils, je me suis tassée un peu plus contre l'immense dossier délicatement ouvragé de ma chaise victorienne. J'avais toujours été intriguée par les gens capables de faire ça. Plus jeune, je m'étais beaucoup entraînée à hausser un seul sourcil, mais j'avais vite compris que ce n'était pas mon style. Je lui ai quand même rendu la politesse du mieux que j'ai pu, au risque de passer pour une ivrogne. Surpris par ma prestation, Lurch a baissé la tête pour me regarder en fronçant les sourcils. J'ai alors déplié ma serviette et l'ai mise sur mes genoux en essayant de ne pas virer à l'écrevisse, une détestable habitude que j'avais contractée étant petite.

Et toujours pas trace de Star !

Qu'est-ce qui avait bien pu me passer par la tête pour que je me laisse entraîner dans un bal comme celui-là, fagotée dans une robe attachée par des épingles de nourrice et conduite par une bonne sœur trop petite pour voir la route derrière son volant ?

Une voix qui semblait venir de très loin me tira de mes pensées.

– Vous voilà enfin chérrrrie. Vous avez finalement consenti à nous honorrrer de votre beauté.

C'était Freddie. Penché en arrière il parlait dans mon cou. Je sentis une odeur affolante de citron vert et d'orange qui se révéla être celle du sorbet, et je fis un effort surhumain pour rester calme et ignorer le regard incendiaire que me lança Honey par-dessus son épaule.

A mon tour je fis basculer ma chaise en arrière.

– Moi toujourrrs tenirrr prrrômesse, chérrri! murmurai-je en imitant son accent russe.

Je dis russe, mais il aurait aussi bien pu être polonais, roumain ou bulgare. Le seul accent que j'imitais de façon convaincante était celui des filles de la Sillicon Valley. Pendant le reste du dîner nous essayâmes tous les accents possibles et imaginables, pour finalement jeter notre dévolu sur le cockney (j'ai déclaré forfait avec les rimes en argot cockney).

Mon voisin de gauche, celui de la chaise vide, finit par se manifester. C'était un garçon de l'East End nommé Kevin, et l'un des meilleurs amis de Freddie.

– Alors comme ça, c'est toi la championne de sabre dont tout le monde parle! me dit-il en prenant place à mes côtés.

J'étais tellement gênée que je suis devenue rouge écrevisse, comme d'habitude. J'ai bien cru que ma tête allait exploser.

L'orchestre commença à jouer et tout le monde se leva pour aller danser. Aussitôt, je me retournai pour faire face à Freddie, sans oublier de mettre mes mains dans le dos pour cacher mes épingles. Ce n'était d'ailleurs pas tant les épingles qui me préoccupaient que de savoir si Freddie allait m'inviter à danser.

L'honneur revint à Honey qui lui avait demandé la première.

Kevin fut vraiment charmant et me proposa:

– Me feras-tu l'honneur de m'accorder cette danse? en imitant l'accent britannique le plus snob qui soit.

Entre nous, le sien n'était déjà pas mal, comme celui de tous les garçons de Eades. Je suppose que cela faisait partie des prestations de l'école: fournir à ses pensionnaires un accent de la haute, seul vrai passeport dans ce pays pour accéder aux plus éminentes sphères sociales.

Sur la piste, j'abandonnai très vite l'idée de dissimuler ces fichues épingles et décidai d'être philosophe (même si la philo n'est pas ma meilleure matière) à leur sujet. De toute façon il fallait être folle pour imaginer que je pouvais séduire l'héritier au trône d'Angleterre. Et puis je m'entendais à merveille avec Kevin.

Freddie était quand même très mignon. Le plus mignon de la soirée.

J'étais donc dans ma phase de résignation philosophique quand Georgina s'approcha de moi en dansant.

– On va faire une «promenade de charité» avec Honey, tu viens?

– Charité? Honey? Non, je ne crois pas!

J'avais pensé tout haut, et mon cavalier eut l'air surpris de ma réaction.

– Honey a bu un peu trop de vodka avant de venir, continua Georgina. Elle a peur qu'un des profs la voie danser dans cet état. Alors on va toutes sortir prendre l'air avec elle.

J'ai cherché Honey des yeux. En effet, elle semblait passablement éméchée et risquait de se faire prendre en flagrant délit d'ébriété si elle s'attardait plus longtemps. C'est à ce moment-là que Freddie nous a rejoints.

– Allez, file-moi ta meuf, vieux! a-t-il dit à Kevin avec un accent cockney à couper au couteau.

– Bas les pattes, si tu tiens à ta peau, mec!

Puis ils échangèrent quelques répliques en argot avant que Kevin ne consente à lui céder la place.

Freddie me plaqua contre lui en prévision du slow que l'orchestre venait d'entamer, et me demanda à quoi ressemblait Los Angeles.

– Je ne suis jamais allé là-bas, mais j'ai entendu dire que c'était une ville très étendue.

– Oui, c'est pour ça qu'on l'a surnommée la «ville qui ne marche jamais».

Il a ri.

J'ai posé ma tête contre son épaule. C'était vraiment... divin.

– Attends, mais... qu'est-ce que c'est que ça! s'exclama-t-il tout à coup en tâtant les épingles de nourrice dans mon dos.

– Euh... c'est un peu gênant à expliquer, mais... comme je n'avais pas de robe à me mettre pour le bal, sœur Regina m'a passé celle de quelqu'un d'autre, enfin celle qu'une élève avait faite en cours de couture, et comme elle était trop grande...

– Stop! dit-il en levant la main, puis il ajouta

d'une voix empruntée, presque gémissante: « ne gâchons pas ce moment Elizabeth-Hurleynien. »

Je ne pouvais pas croire qu'une fille comme moi puisse créer un moment « Elizabeth-Hurleynien ». C'est vrai, la robe qui l'avait rendue célèbre, celle qui était lardée d'épingles de nourrice et laissait voir presque tout son corps, était une robe Versace, pas le sac informe de Charlotte Chapman, élève en première à Saint-Augustin. En tout cas, je fus reconnaissante à Freddie d'avoir interrompu mon flot de paroles, sinon je n'aurais pas manqué de lui mentionner mes problèmes de diarrhée. Et comme j'avais le chic pour creuser verbalement ma propre tombe chaque fois que j'étais gênée, nerveuse, ou follement éprise d'un prince, je l'aurais dit, c'est certain.

J'ai aussi remercié la Vierge Marie de m'avoir envoyé un ange comme sœur Regina. Son médicament avait fait des merveilles et mon estomac ne gargouillait plus du tout.

– Tu veux sortir prendre un peu l'air? me demanda Freddie quand l'orchestre s'arrêta de jouer.

En entendant sa question je faillis tomber en pâmoison, si pâmoison est le mot exact. Je me sentais comme étourdie et légère à la fois.

Freddie me fit traverser un tas de pièces et de couloirs obscurs dans l'espoir de semer ses gardes du corps, jusqu'à ce que nous tombions nez à nez avec une grande porte en acajou massif. Il frappa à plusieurs reprises. Personne ne répondit. Nous poussâmes le lourd vantail et entrâmes dans la pièce la plus magique que j'aie jamais vue. Elle était entièrement tapissée de livres, du sol au plafond. Une échelle, qui glissait le long des étagères, permettait d'atteindre les ouvrages les plus hauts de la première partie de la bibliothèque, tandis qu'un balcon, juste au-dessus, permettait de faire le tour de la pièce pour consulter les livres de la partie supérieure.

Nous avions aussi une très belle bibliothèque à Saint-Augustin, mais elle était tenue d'une main de fer par la très désagréable miss Parkes qui avait la manie de porter des costumes de vieux messieurs qui sentaient la naphtaline.

Miss Parkes avait également la mauvaise habitude de suivre ses visiteurs partout dans la bibliothèque et de se saisir du livre qu'ils allaient prendre pour le consulter avant de le leur redonner en les dévisageant d'un air suspicieux. Quand vous lisiez, elle restait derrière vous à marmonner un tas d'horreurs sur les « criminels » qui abîmaient les livres, et quand vous vouliez en emprunter un, elle répondait qu'elle vous l'apporterait personnellement dans votre chambre après l'extinction des feux. Ce qui voulait dire qu'on ne pouvait les lire qu'à la lueur d'une lampe électrique. Tout cela ne créait pas une atmosphère très propice à la lecture !

Cette bibliothèque, en revanche, était un paradis. J'aurais aimé avoir le temps d'en parcourir les rayonnages pour feuilleter les innombrables ouvrages, mais il n'était pas question de gâcher la magie du moment. De plus, Freddie me tenait par la main et m'entraînait déjà à l'autre bout de la pièce. De peur de paraître trop banale, je m'abstins de lui poser toutes les questions qui me venaient à l'esprit, du genre « quel effet ça fait d'être prince ? », et laissai le silence nous envelopper, comme l'obscurité...

Il ôta sa queue-de-pie et me demanda de la tenir pendant qu'il écartait l'épais rideau de velours pourpre et remontait la fenêtre à guillotine pour nous permettre de nous éclipser discrètement dehors. La fenêtre surplombait un gros buisson d'épineux... Freddie posa sa veste sur mes épaules et m'aida à descendre. Quand nous fûmes sortis du buisson, à peu près entiers, il m'attira à lui et m'embrassa.

Je n'étais pas inquiète pour mon haleine car sœur Regina avait eu la bonne idée de me donner quelques pastilles mentholées avant le départ, en revanche je craignais de ne pas être à la hauteur, question « technique ». Mon savoir en matière de baisers se résumait à la réponse qu'il fallait faire quand les autres filles vous demandaient comment c'était. « Merveilleux ? », « incroyable ? », et autres superlatifs. Pour le reste, j'étais une complète béotienne. Je n'avais encore jamais embrassé de garçon et j'ignorais totalement ce que je devais faire avec ma langue, mes lèvres... enfin, avec ma bouche en général. Et ce n'est pas mon cerveau qui allait m'aider ! Comment avais-je pu ne jamais embrasser de garçon avant aujourd'hui ? Tandis que toutes ces questions se bousculaient dans ma tête, la langue de Freddie bataillait doucement avec la mienne. C'était si agréable que j'en ai tout oublié et me suis laissé aller au plaisir de sa délicieuse odeur de garçon, de ses lèvres, douces et chaudes. Soudain, il a fait glisser doucement sa main le long de mon dos et l'a remontée jusqu'à ma nuque, comme pour la soutenir. J'ai senti comme un creux à l'estomac, mon cœur s'est mis à battre à trois cents à l'heure et mon cerveau s'est mis en arrêt complet. C'était la sensation la plus agréable de toute ma vie.

– Euh... excusez-moi, mais je crois que Monsieur devrait rentrer à l'intérieur.

C'était un de ses gardes du corps qui empestait le Calvin Klein pour Homme.

– Tout est OK, je ramène Son Altesse à l'intérieur, dit-il à son collègue dans le micro de son oreillette.

La situation était incroyablement gênante.

– Je suis désolé, s'excusa Freddie, tandis que nous nous faufilions à travers le buisson pour rejoindre la cour principale.

En chemin, nous croisâmes Honey. Elle sentait le vomi. Je ne fis aucune remarque malgré le regard de Freddie qui en disait long sur ce qu'il pensait vraiment d'elle.

– Freddie ! Freddie ! cria-t-elle en faisant demi-tour, je m'excuse de t'avoir abandonné tout à l'heure mais j'avais promis d'aider une amie. J'espère que tu ne m'en veux pas, chéri ?

– Aucunement ! lui répondit-il en serrant ma main.

Mais la main complice de Freddie ne pouvait suffire à chasser le sentiment de malaise qui m'envahissait chaque fois que j'étais en présence de Honey. Elle se rapprocha et nous prit par les épaules.

– Oh ! mais qu'est-ce que c'est que ça ? s'exclama-t-elle en désignant mes épingles de nourrice et en éclatant de rire.

Freddie et moi avons esquissé un sourire crispé. Ou plutôt, j'ai esquissé un sourire crispé. Freddie, lui, la foudroyait du regard.

– C'est vrai, j'oubliais que vous vous connaissiez tous les deux. Très rigolos les messages, au fait ! « T'appelles pas, t'écris pas... », reprit-elle en imitant le premier message que Freddie m'avait envoyé, celui qui avait fait le tour de Cleathorpes. T'as dû te faire une véritable fortune, ma vieille. Mon pauvre Freddie ! Enfin je suppose que tu as l'habitude que les gens profitent de ta position royale. Un petit profit, ça ne se refuse pas, n'est-ce pas, chérie ?

Son fiel répandu, elle partit, visiblement satisfaite d'elle-même.

A cet instant précis, j'aurais eu besoin que Freddie me serre la main pour me réconforter, mais au lieu de cela il la dégagea de la mienne.

– Peux-tu m'expliquer de quoi elle parle ? me demanda-t-il sèchement.

– Je ne sais pas ! répondis-je pour gagner du temps.

– Tu as vendu des « écoutes » de mes messages, c'est ça ?

– Non, pas du tout !

C'était comme si j'avais reçu une gifle en pleine face.

– Écoute Calypso, je ne suis pas un imbécile et je ne crois pas que tu en sois une non plus. Je n'aime pas particulièrement ton amie, mais elle a raison sur un point : je suis habitué à ce que les gens profitent de mon statut pour se faire du fric sur mon dos. Mais je n'aurais jamais cru ça de toi !

Sur ce, il a tourné les talons et a coupé à travers la pelouse pour rejoindre le hall. Je suis restée là sans bouger, avec sa queue-de-pie sur le dos, jusqu'à ce que Kevin vienne la chercher.

– Désolé, mais tu sais ce que c'est. Il n'est pas très content.

Je lui ai tendu la veste sans rien dire car je savais que si je prononçais le moindre mot je me mettrais aussitôt à pleurer. Je me sentais comme Cendrillon obligée de retourner à ses casseroles une fois le carrosse transformé en citrouille.

Quand la presse s'en mêle. 16

Après le départ de Kevin, j'ai couru jusqu'aux toilettes pour pleurer et je suis tombée sur Star qui aidait Clémentine à remonter la fermeture Éclair de son bustier.

Durant leur promenade, Honey avait vomi sur la pauvre Clémentine. Les filles l'avaient cachée dans un coin sombre de la cour en lui recommandant de n'en sortir qu'une fois sa vodka cuvée, s'étaient précipitées aux toilettes pour laver le bustier de Clémentine puis le faire sécher sous le séchoir à mains.

Quand j'eus fini de raconter ma pitoyable histoire, Star a aussitôt proposé de retourner au bal pour donner à Son Altesse Foutrement Royale un soufflet. Elle était folle de rage. Clémentine, elle, désirait retourner danser dans l'espoir d'embrasser un charmant garçon qui répondait à l'improbable prénom de Razzle.

Mes crampes d'estomac me reprirent et, avec l'odeur tenace qui flottait dans l'air, je me suis mise à vomir à mon tour. Les autres sont reparties vers le hall pendant que Star négociait un retour anticipé avec le chauffeur du minibus.

J'avais tellement honte que je ne pouvais m'empêcher de pleurer. Je n'aurais jamais dû laisser qui que ce soit écouter ces messages, c'est vrai. Mais je n'avais pas vraiment eu le choix : Star s'était emparée de mon téléphone, puis Georgina, puis une autre, et ainsi de suite... Quel gâchis !

Quand nous sommes rentrées, sœur Regina a insisté pour que je passe la nuit à l'infirmerie. Elle s'en voulait terriblement de m'avoir laissée partir et se mit à pleurer, elle aussi.

A mon réveil, sœur Regina dormait toujours, affalée sur la chaise à côté de mon lit.

Il était tard. En la regardant somnoler, tous les horribles moments de la soirée me sont revenus en mémoire.

Puis Star est entrée avec des journaux à la main. Sur toutes les unes, sans exception, s'étalait une photo de Freddie et moi en train de nous embrasser dans les buissons – moi les cheveux couverts de feuilles. Les titres s'en donnaient à cœur joie. Mon préféré était : « Baiser des champs pour le prince ».

– Je n'arrive pas à croire au culot de ce mec ! s'exclama Star. Une fille qui pue le vomi et qu'il avoue mépriser lui dit que toi tu fais du commerce sur son dos, et il la croit. Et pendant ce temps-là, quelqu'un de son entourage direct, un de ses gardes du corps ou un copain, vend cette photo à la presse. Tu parles d'un putain de prince charmant.

Sœur Regina, qui s'était réveillée entre-temps, lisait un des journaux en secouant la tête :

– Quel goujat ! quel goujat ! Et vous, comment allez-vous mon petit ?

– J'ai bien envie de faire une virée jusqu'à Eades pour lui dire en face ce que je pense de sa royale personne, déclara Star qui commençait à bouillir.

– C'est vraiment pas de chance. Quel salaud ! s'exclama Georgina dès qu'elle entra à son tour.

Puis, voyant mes yeux tout gonflés, elle a envoyé sœur Regina chercher des tranches de concombre.

– Dans quel état tu es, ma pauvre chérie ! Maintenant que tu es une icône nationale, tu dois soigner ton look.

Elle a fini par s'asseoir sur mon lit et m'a embrassée.

– Une icône nationale ?

– Bien sûr ! Tu es la première fille que le prince Freddie, l'héritier de la couronne britannique, a embrassée ! Tu vas rentrer dans l'histoire. C'est ÉNORME, ma chérie.

– Ah, tu trouves ! ai-je répondu d'une voix faussement enjouée. Tu penses que mes parents se sont privés de piscine, de vacances et d'une Mercedes pour me voir entrer dans l'histoire avec un grand H comme la fille qui a donné son premier baiser au futur roi d'Angleterre.

Je ne pouvais pas croire qu'elle soit superficielle au point de penser que se faire traiter de traînée par tous les journaux du pays était la plus belle chose au monde. Tout ça parce que Freddie était un prince.

– N'exagère pas, tu sais très bien que personne ne croit ce que racontent ces torchons. Je t'assure, bientôt toutes les filles du pays seront jalouses de toi.

Les visites continuèrent. Ce fut le tour de sœur Constance dont l'attitude était pour le moins circonspecte. Elle avait rentré les mains dans les manches de sa robe et parlait encore plus cérémonieusement que d'habitude.

– Miss Kelly, vos parents arriveront après-demain. Je les ai autorisés à vous emmener à Londres pour le week-end. Les papiers sont prêts.

– Mais… je ne comprends pas, ma sœur.

Elle me désigna d'un mouvement du menton les journaux qui jonchaient le sol.

– Il semble que la nouvelle de votre… « liaison » avec Son Altesse Royale ait traversé l'Atlantique. Vos parents, ce qui est très compréhensible, pensent que vous avez besoin d'eux. Je discuterai des détails avec vous quand vous serez sortie de l'infirmerie. Inutile de préciser que, tant à Eades qu'à Saint-Augustin, nous sommes déterminés à mener une enquête approfondie pour connaître les responsables de cet incident navrant.

– Merci, ma sœur, ai-je répondu de ma voix la plus humble.

Et elle l'était, après tout ce que je venais de me prendre dans la figure.

Sœur Constance se signa, me dit qu'elle prierait pour mon âme et sortit.

– « La nouvelle de votre liaison a traversé l'Atlantique », répétèrent en chœur Star et Georgina en imitant la voix de la mère supérieure après s'être assurées qu'elle ne pouvait pas les entendre.

Je ne voyais pas ce qu'il y avait de drôle là-dedans. Je pensais à Freddie et à ce qu'il devait ressentir. Ou plutôt à ce que j'aimerais qu'il ressente. Avait-il des regrets ? est-ce que je lui manquais ? En un mot, pensait-il à moi ? Ou pas ?

Il devait me détester. Ses parents devaient être furieux. Je devais être la fille la plus haïe d'Angleterre dans tous les foyers qui respectaient la famille royale.

J'étais tellement obsédée par Freddie que je ne pensais même pas à l'arrivée prochaine de mes parents et à ce que cela impliquait.

La gloss attitude. 17

Après la parution de la photo du baiser des champs de Freddie et Calypso, le pensionnat fut pris d'assaut par les paparazzi. Sœur Constance doubla immédiatement le nombre des vigiles et les patrouilles de maîtres-chiens. Rien n'y faisait: ils étaient partout. Ils surgissaient des endroits les plus inattendus et communiquaient entre eux à l'aide de talkies-walkies dans un langage codé incompréhensible pour le commun des mortels.

Le spectacle de photographes affolés poursuivis par les chiens, les gardes ou les bonnes sœurs à travers l'école devint routinier. Sœur Veronica et sœur Hillary en avaient même surpris un dans la chapelle. L'homme s'était caché là sous prétexte de dire une petite prière, mais les sœurs l'avaient débusqué, avaient déclenché l'alarme incendie et l'avaient chassé à grands coups de glaïeuls de l'autel. Le malheureux avait dû se réfugier dans le confessionnal en attendant que les vigiles viennent le délivrer. Plus tard ce jour-là, les deux nonnes régalèrent toute l'école du récit de leurs aventures, embellissant leur courage et la justesse de leur colère jusqu'à ce que l'incident se confonde avec le passage de la Bible où Jésus chasse les marchands du Temple.

La presse cherchait désespérément à parler à quelqu'un de l'école qui me connaissait, mais rien ne filtrait hors des murs de Saint-Augustin. Il faut dire que la mère supérieure avait été très claire à ce sujet : quiconque d'entre nous établirait, ne serait-ce qu'un contact visuel avec un journaliste, serait renvoyé sur-le-champ.

Sœur Constance enfreignit la règle le jour où elle demanda à Mr. Morton de déplacer la chaise d'arbitre du court de tennis sur le terrain de jeu, grimpa tout en haut et, à l'aide d'un mégaphone, diffusa un message cinglant aux journalistes qui siégeaient à l'extérieur du collège. Elle les traita de suppôts de Satan, les compara aux serviteurs de Belzébuth et, pour finir, leur enjoignit de prier pour que Dieu dans sa grande miséricorde leur accorde son pardon.

Nous étions en cours, mais les professeurs nous autorisèrent à regarder par la fenêtre notre mère supérieure faire la démonstration de sa supériorité. Tout le monde fut très fier d'elle, même si nous ne savions pas qui était Belzébuth.

L'arrivée de mes parents se passa comme une première à Hollywood. Tout le monde s'était aligné sur la route pour les accueillir à leur descente de taxi, tels des vedettes de cinéma ou des chefs d'État. Comme d'habitude, ils portaient des vêtements jeunes et branchés, typiquement californiens. La honte! C'est vrai, pourquoi ne pouvaient-ils pas porter du Laura Ashley ou du Saville Row comme tous les autres parents? J'avais l'air de quoi, moi?

Je n'avais pas eu le temps de penser à ce que me ferait leur arrivée, ce qui, je suppose, est une attitude très égocentrique et très peu filiale. J'étais consciente qu'ils faisaient preuve d'une extrême gentillesse et d'un grand sens de leurs responsabilités en prenant cet horrible vol transatlantique pour être à mes côtés dans ce moment difficile, mais la seule chose à laquelle je pensais, c'était Freddie.

Il n'avait ni appelé ni répondu à mes messages. Je lui en avais envoyé trois. Le premier pour lui demander de me donner une chance de m'expliquer, le deuxième pour lui demander s'il avait bien reçu le premier, et le troisième pour lui dire la même chose que dans le premier. Nul! Je sais.

Le frère de Clémentine, qui était une année en dessous de Freddie à Eades, lui avait dit que, même si j'étais le principal sujet de conversation de tout le collège, Freddie restait muet à propos de l'incident du bal. Muet... Je ne pus m'empêcher de penser à la douceur de ses lèvres quand nous nous étions embrassés.

– Il croit peut-être que tu as orchestré toute cette

affaire, ma pauvre chérie, déclara Honey qui fumait, assise sur mon lit.

Star lui prit la cigarette des mains et la lança par la fenêtre.

– Qu'est-ce qu'il te prend ? rugit Honey.

– Il me prend que tu vas finir par déclencher l'alarme-incendie et nous faire toutes suspendre avec tes âneries.

– OK, comme tu voudrás Star, soupira Honey.

Le lendemain du bal, Honey était revenue parmi nous comme si de rien n'était. Comme si sa sœur n'avait pas frappé Georgina. Comme si elle n'avait jamais lancé de campagne de Post-it contre moi. Comme si elle n'avait pas versé de laxatif dans mon dîner le soir du bal. Comme si elle n'était pas une totale aristodingue qui avait ruiné ma vie. Au lieu de ça, elle me donnait du « chérie » à tout bout de champ. Aucune d'entre nous ne savait comment gérer son attitude, alors on laissait faire. Sauf Georgina et Star. Elles ne lui adressaient presque jamais la parole, et quand elles le faisaient, elles prenaient soin, tout en restant polies, de lui faire comprendre la nature de leurs sentiments. Je me demandais comment Honey ressentait le fait que Georgina la haïsse après toutes ces années d'amitié. Et en plus, qu'elle soit amie avec Star et moi, les deux filles qu'elles avaient pris tant de plaisir à ridiculiser depuis quatre ans.

Donc, comme je l'ai dit précédemment, Star disjoncta et Honey, elle, continua à jeter de l'huile sur le feu.

– Freddie a certainement peur que vous continuiez à vous enrichir sur son dos. Tu sais, les princes sont très tatillons sur ce point.

– Ça te va bien de dire ça, Honey. C'est toi qui lui as dit que Calypso vendait ses messages, lui rappela Star.

Honey leva les yeux au ciel et fit une moue indignée.

– Mais pas du tout. Je ne faisais que plaisanter. Ce n'est pas ma faute s'il n'a pas le sens de l'humour. Si c'est un crime de plaisanter maintenant, alors allez-y, tuez-moi !

J'aurais tellement aimé le faire.

Honey se précipita dans l'escalier pour être la première à se présenter à mes parents. Elle tenait dans les bras son nouveau lapin rose, Duchesse.

– Bonjour, je suis si contente de vous rencontrer, Mr. et Mrs. Kelly. Je m'appelle Honey O'Hare. Je suis une des meilleures amies de Calypso, un peu comme une sœur.

Pourquoi Honey tenait-elle tant à se faire bien voir de mes parents ? Des gens de rien du tout, des sans titre, des sans hélicoptère, des sans domaine à la campagne, qui ne valaient même pas la peine qu'on dépense sa salive pour leur dire bonjour.

– Épatant, répondit Bob.

– Extra, renchérit Sarah.

– Les amis de Calypso sont nos amis, appelez-nous Bob et Sarah, dit Bob distraitement tandis qu'il me cherchait des yeux dans la foule.

Je les attendais dans l'escalier. Voyant que je ne bougeais pas, Star m'a poussée brusquement, si bien que je suis pratiquement tombée dans leurs bras. Papa m'a serrée longuement contre lui, puis il m'a soulevée en l'air et m'a fait tournoyer comme si j'avais cinq ans en s'exclamant avec des trémolos dans la voix : « Ma Calypso, Oh, ma petite Calypso. » Il avait les larmes aux yeux.

Une fois revenue sur terre, j'ai sorti mon gloss. Moi qui avais horreur de me donner en spectacle, c'était réussi ! Je crois qu'il n'aurait pas pu faire pire.

Je me trompais.

Sœur Constance a descendu l'escalier en piqué pour remettre un peu d'ordre dans tout ce brouhaha. Elle a tendu la main devant elle pour obtenir un peu de silence et a pris son ton le plus impérieux pour accueillir mes parents.

– Mr. et Mrs. Kelly, je vous souhaite la bienvenue en Angleterre. Si vous voulez bien me suivre dans mon bureau. Comme je vous l'ai déjà dit, poursuivit-elle en commençant à monter les marches, vous êtes libres d'emmener Calypso pour le week-end, même si, comme vous pourrez le constater par vous-mêmes, sa charge de travail est...

Elle n'eut pas le temps d'achever sa phrase, car Bob, qui n'était pas le moins du monde impressionné par son ton impérieux, la prit dans ses bras et lui tapota l'épaule en la remerciant chaleureusement pour tout ce qu'elle avait fait pour moi. Un sourire parcourut l'assistance.

Je remis un peu de gloss.

– Bien ! se contenta de dire sœur Constance en rajustant sa robe et en replaçant le crucifix en bois qu'elle avait autour du cou.

Et pour éviter toute autre manifestation incongrue de l'éducation peu conventionnelle de mes parents, elle les poussa vers le couloir qui menait à son bureau.

Je me préparais à subir la charge des copines, regrettant presque l'époque où j'étais le monstre de la classe auquel personne ne prêtait attention. J'aurais bien échangé cette période d'invisibilité contre cet enfer médiatique qui avait fait de moi un scoop international et avait conduit mes parents à venir jusqu'ici où, pour couronner le tout, ils avaient secoué la mère supérieure comme un cocotier !

– Tes parents sont hyper cool ! roucoula Clémentine.

– Ouaaaaah ! s'exclama Star pour tout commentaire.

Ce qui n'était pas rien pour une fille dont le père se fichait de tomber à la renverse et de rester toute une journée vautré par terre.

– Dis-moi, ils sont pleins d'énergie, pour des parents, nota Georgina avec admiration.

– Ils font du yoga !

Je ne savais pas trop quoi répondre à tous ces commentaires flatteurs et, en plus, j'étais en rupture de gloss...

Hollywood contre Windsor . 18

Mes parents avaient réservé une chambre dans un hôtel proche de l'aéroport d'Heathrow. Ça m'a fait drôle de me retrouver seule avec eux après tout ce qui s'était passé durant le trimestre. Je réalisai soudain combien j'avais changé. C'est vrai, quoi, j'avais séduit un prince et j'étais devenue un phénomène médiatique.

Nous avons commandé un dîner dans la chambre. J'ai pris un monumental burger avec des frites et, pour une fois, Bob et Sarah ne m'ont pas sermonné sur les dangers du gluten ou des graisses saturées. J'attendais le moment où ils allaient me reprocher d'être une traînée et de leur avoir fait tout sacrifier pour rien. Mais non, tout ce qu'ils me demandèrent, c'est de leur raconter comment s'était déroulée la soirée.

Ils voulaient connaître tous les détails.

Surtout mon père, qui me posait un tas de questions du genre : où était Star à ce moment-là ? où se trouvait cette Honey quand tu dansais ? est-ce que tu as confiance en Georgina ? On aurait dit un interrogatoire de police, à cette différence près qu'il n'était pas menaçant. Au contraire, mes parents avaient l'intelligence de comprendre que, dans cette affaire, j'étais une victime et non la coupable.

Pendant que je leur racontais mon histoire, ils n'ont eu aucune parole désapprobatrice et n'ont pas soupiré une seule fois. Quand j'en suis arrivée aux accusations de Freddie, ils ont échangé un regard entendu et, à la fin, papa a déclaré que j'avais été piégée. Maman approuvait. Pour clore la discussion, papa a décrété qu'il ferait toute la lumière sur cette affaire.

Après, nous avons regardé un film tous les trois. C'était agréable et bizarre à la fois de partager la même chambre que mes parents. Ils dormaient dans le même lit. Je sais qu'ils dorment toujours dans le même lit, mais pas quand je suis dans leur chambre, si vous voyez ce que je veux dire. Ils m'avaient bien proposé d'en prendre une pour moi toute seule, mais j'avais refusé. Trop peur de me sentir seule. A dire vrai, c'était plutôt sympa, jusqu'à ce que ma mère se mette à ronfler. Je ne sais vraiment pas comment mon père fait pour supporter ça !

Samedi fut une super journée. Nous avons fait une balade dans Londres en bus panoramique. Mon père n'a pas arrêté de me raconter des mauvaises blagues, dont il a le secret quand il pense que je n'ai pas le moral, mais ça ne me dérangeait pas. Au contraire. Dans le bus, je me suis blottie contre eux et je leur ai dit combien j'étais contente qu'ils soient venus.

Et c'était sincère.

Le samedi soir, mes parents – je veux dire Bob et Sarah, puisque c'est ainsi que tout le monde les appelait désormais – ont invité Clémentine, Arabella, Georgina, Star et Honey à dîner au Pizza Express de Windsor avec nous.

J'ai bien essayé de leur expliquer que je ne tenais pas à la présence de Honey, mais Sarah (même moi j'en étais réduite à les appeler par leur prénom) a balayé l'idée d'un revers de main, objectant que c'était ridicule de ne pas inviter sa meilleure amie.

Honey est arrivée avec son horrible lapin rose, Duchesse, qu'elle transportait dans un sac Prada de la même couleur. Ma mère s'est aussitôt entichée de Duchesse et m'a demandé pourquoi je n'avais pas de lapin.

Je suis restée bouche bée. Je rêve ou elle a oublié. C'est elle qui m'a expliqué que ça me forgerait le caractère d'être privée d'animal de compagnie.

Mais avant que j'aie eu le temps de répondre, Honey s'est exclamée :

– Je voulais lui donner mon ancien lapin, Claudine, mais elle a refusé. Quel dommage ! a-t-elle soupiré en regardant Sarah d'un air triste.

Clémentine, Arabella, Georgina, Star et moi

avons regardé Honey, interloquées. Mes parents, eux, n'y voyaient que du feu.

– On ne donne pas un animal juste parce qu'on en a marre de sa couleur, ai-je protesté.

Honey a fait trembler ses lèvres pulpeuses comme si elle allait se mettre à pleurer.

– Je pensais juste que ce serait chouette que nos lapins soient aussi proches que nous, expliqua-t-elle en regardant toujours Sarah.

Ma mère était vraiment naïve. Elle prit la main de Honey et la mienne, et déclara : « Allons, vous deux. »

– Je suppose que Honey voulait seulement... comment dire, le recycler d'une certaine manière, non ? ajouta-t-elle pour essayer d'arranger les choses.

C'était impossible qu'elle ne se rende pas compte qu'une fille capable de se débarrasser d'un lapin parce qu'il n'était pas aux couleurs de la saison était une aristodingue.

– C'est un être vivant, Sarah, pas un emballage en carton vide.

– Calypso, ne sois pas insolente avec ta mère ! coupa Bob.

– Comme tu voudras, ai-je répondu en boudant.

Sarah expliqua à Honey combien ça avait été dur pour moi de faire la une des journaux. Je n'arrivais pas à croire que mes parents se soient fait embobiner de la sorte par cette fille. Certes, je ne leur avais jamais parlé d'elle, mais d'un simple coup d'œil on devinait qu'elle était le mal incarné.

– Bon ! s'exclama Bob pour faire diversion, on pourrait peut-être commander maintenant. Il appela un serveur et lui demanda quelle pizza ne contenait ni gluten ni graisses saturées. Les filles pouffèrent. Pas moi. Je me sentais toujours d'humeur insolente.

Star m'a pincé la main sous la table en signe de soutien. C'était réconfortant. Puis Bob a posé un tas de questions à Star sur le groupe de son père. J'étais contente parce que Honey se sentait hors du coup. Les pizzas (dégoulinantes de gluten et de graisses saturées) sont arrivées et nous avons tous mangé de bon appétit. Arabella a demandé à Sarah de lui parler de son métier. Maman nous a fait beaucoup rire en nous racontant les dernières intrigues des séries sur lesquelles elle travaillait et les petites manies des stars.

Je commençais à me détendre et à regarder mes parents différemment. C'était quand même très gentil de leur part d'avoir tout laissé tomber du jour au lendemain pour venir m'aider et, en plus, ils plaisaient à mes amies. J'étais contente qu'ils soient venus. Je n'en avais pas ressenti le besoin, mais maintenant qu'ils étaient là, je me sentais beaucoup plus sereine. Leur visite m'avait aussi permis de détacher mon esprit de Freddie – pour l'instant du moins.

Mes parents avaient été particulièrement sympa à propos de la fameuse photo du baiser champêtre. Bob avait déclaré à sœur Constance qu'il ne fallait pas accuser trop vite les paparazzi : « D'après ce que je comprends, ma sœur, il y avait une grande quantité de vigiles qui patrouillaient dans le collège, ce soir-là, sans compter les gardes du corps personnels du prince. Vous seriez étonnée d'apprendre que dans la plupart de ces affaires, les responsables viennent de l'intérieur. »

De l'intérieur... il fallait vraiment être scénariste à Hollywood pour aller chercher des idées pareilles.

– Au fait Calypso, dit Sarah, Jay t'embrasse.

– Jay de James ? demanda Honey, soudain en alerte.

– Non, répondit Sarah, Jay comme Jay, mon assistant, pourquoi ? Calypso vous a parlé de lui ? demanda-t-elle en m'interrogeant du regard.

Aussitôt je me suis mise à fixer ma mère d'un regard implorant, du genre s'il-te-plaît-ne-dis rien.

Sarah a regardé autour d'elle pour essayer de comprendre ce qui se passait.

– Parlez-nous de lui, Sarah, insista Honey de sa petite voix perfide. Calypso avait accroché ses photos sur son mur, elle avait l'air folle de lui. Enfin, jusqu'à ce qu'elle rencontre Freddie...

Voilà, j'allais encore me faire crucifier, juste au moment où je pensais qu'il ne pouvait rien m'arriver de pire.

J'ai remis du gloss, puis j'ai fermé les yeux en attendant l'hallali. « Allez, vas-y, raconte-leur tout, qu'on en finisse une bonne fois pour toutes », pensai-je en passant et repassant mon gloss sur mes lèvres.

Sarah éclata de rire. Je ne pouvais pas lui en vouloir, elle n'avait aucune idée qu'elle était sur le point de me ridiculiser devant tout le monde. J'imaginais déjà la nuée de Post-it ironiques qui allait s'abattre sur mon dos.

– J'étais exactement pareille à son âge ! s'esclaffa Sarah avant de pouffer comme une adolescente.

J'ai ouvert les yeux juste à temps pour voir son clin d'œil complice.

Merci Sarah. Merci d'être non conformiste, californienne, libérale et compréhensive. Je t'adore !

– Moi aussi, je collectionnais les garçons, poursuivit-elle en me regardant, et à chaque fois j'étais persuadée que c'était le bon, l'amour de ma vie. Je me souviens que j'écrivais leur nom sur ma trousse !

Je n'avais jamais autant aimé ma mère de toute ma vie. J'aurais voulu courir dans la rue et inscrire en gros sur un Abribus : « SARAH EST LA MÈRE LA PLUS COOL DU MONDE » pour que tout le monde le sache.

– Sarah, racontez-nous comment ça se passait à Saint-Augustin quand vous y étiez, lui demanda Georgina d'un ton insistant.

Elle s'exécuta avec humour et fantaisie. Rien à voir avec la description ennuyeuse qu'elle m'en avait fait quatre ans auparavant dans l'avion qui nous emmenait en Grande-Bretagne pour la première fois.

Agacée de ne plus être au centre de la conversation, Honey envoyait des SMS sur son portable.

– C'est un téléphone dernière génération ? a demandé Bob en se penchant vers elle.

Honey, qui n'avait pas entendu la question, s'est redressée brusquement.

– Pardon ?

– Je demandais si on pouvait prendre une photo avec, Honey ?

– Absolument, répondit-elle, visiblement ravie d'être de nouveau le centre d'intérêt. Vous voulez qu'on en fasse une de nous tous ? Tiens Star, dit-elle en lui tendant l'appareil, tu vas la prendre.

C'était typique de Honey de vouloir exclure Star de la photo.

– Non, je suis sûr que le serveur va accepter de la faire, comme ça nous pourrons tous être sur la photo, insista mon père en rappelant le serveur.

Quand celui-ci eut pris plusieurs photos, Bob demanda à Honey de lui expliquer comment ça marchait. Elle changea de place à contrecœur avec Sarah et lui montra les différentes fonctions, puis le laissa jouer tout seul.

– Est-ce que vous savez que ces joujoux causent un tas de scandales à L.A., fit-il remarquer au bout d'un moment en souriant. Avec ces trucs-là, n'importe qui peut faire des photos de gens connus n'importe où : dans la rue, dans un restaurant, dans un parc.

Honey eut un sourire crispé.

Je ne compris pas tout de suite ce qui se passait, mais quand Bob me passa le téléphone, je découvris la photo du baiser champêtre qui s'affichait sur l'écran du portable de Honey.

Voyage à Coventry. 19

La nouvelle de la culpabilité de Honey dans l'affaire de la photo du bal s'était répandue à Saint-Augustin comme une traînée de poudre.

Mes parents étant repartis pour L.A., j'étais triste, et à la fois trop occupée pour avoir le temps d'y penser. Avant leur départ, ils avaient proposé à Star, Georgina, Clémentine et Arabella de venir passer quelques semaines chez eux pendant les vacances d'été. J'ai eu tellement honte quand Bob a lancé son invitation, que j'aurais voulu disparaître dans un trou de souris.

– Ça nous ferait plaisir que vous veniez nous voir en Californie, avait dit Bob. Calypso s'embête parfois pendant les vacances, n'est-ce pas, chérie ?

– Merci Bob, c'est une super idée, avait répondu Georgina avec enthousiasme. J'adorerais venir voir les stars et faire les magasins. Ce serait génial, tu ne penses pas, chérie ? avait-elle déclaré tout excitée en me prenant par les épaules.

Elle avait l'air sincère. Clémentine et Arabella sautillaient de joie comme des gamines.

– Moi je viendrai, déclara Star après un temps de réflexion.

Elle avait probablement passé en revue toutes les histoires peu glamour que je lui avais racontées sur mes vacances là-bas depuis toutes ces années. J'imaginais la réaction de Georgina & Co quand elles verraient notre ridicule maison californienne, avec ses meubles neufs, son absence de piscine, d'héliport et d'écuries. Et ma ridicule petite chambre, avec son lit pour une personne. Et que diraient-elles quand elles découvriraient que Jay, mon prétendu petit copain, était gay? Non, c'était trop horrible. Ce que Bob n'avait probablement pas pigé, c'est qu'en les invitant il s'était engagé à leur payer leurs billets d'avion, et pas en seconde classe s'il vous plaît, il n'y a que les ringards qui vont à droite; les premières classes sont toujours à gauche dans l'avion! Pourvu qu'elles aient oublié à la fin du trimestre!

Voulant me faire un cadeau avant de repartir, Sarah et Bob m'avaient emmenée dans une animalerie à Windsor pour acheter un bébé lapin, une petite lapine noire aux grandes oreilles et aux beaux yeux dorés.

– Quel amour! déclara Georgina en embrassant son petit museau, la première fois qu'elle la vit. Comment tu vas l'appeler?

– J'ai pensé à Dorothy Parker... ?

– J'adooore, je suis sûre que Tobias aussi!

Et elle embrassa Dorothy encore une fois.

– C'est super, parce que j'ai imaginé qu'on pourrait la partager, si tu es d'accord. Ce serait notre lapin à toutes les deux. De toute façon, je peux difficilement la ramener à la maison pendant les vacances...

– Tu parles sérieusement ?

– Bien sûr !

Georgina me sauta au cou de joie.

– Je suis si contente que nous partagions la même chambre !

– Moi aussi ! ai-je répondu, et je l'étais vraiment.

Quand Star est arrivée, elle a flatté Dorothy d'une petite tape de bienvenue :

– Je continue de penser que Bob et Sarah auraient dû t'acheter un rat. Ils sont siiiiiii intelligents. Et puis j'aurais pu le prendre pour les vacances.

– Tu sais, j'ai proposé à Georgina de partager Dorothy avec moi.

Star opina.

– J'espère que vous ne comptez pas la balader partout dans un de ces ridicules sacs Vuitton, s'informa-t-elle auprès de Georgina d'un ton moqueur.

Moi, j'espérais secrètement que si.

– Ne t'inquiète pas, répondit Georgina, mais il va falloir trouver quelque chose d'aussi bien à la place.

– Vous n'avez qu'à en décorer un pendant le cours d'arts plastiques, suggéra Star.

– En tout cas, je vous préviens, renchérit Georgina, il est hors de question de prendre un sac noir pour un lapin noir… si vous voyez ce que je veux dire.

Nous avons éclaté de rire.

Je me suis soudain remémoré le jour de la rentrée et notre appréhension de partager la même chambre que Georgina. Il s'était passé tellement de choses, depuis, que ça me semblait très, très loin à présent. Malgré ses airs hautains et son amitié pour Honey, Georgina était une fille gentille. Finalement, Mrs. Topler avait peut-être raison quand elle disait qu'il y avait plus de bonnes choses sur cette terre que dans n'importe quel monde utopique. Ou, pour le formuler plus simplement, à la façon de sœur Regina : taratata !

Ma joie d'avoir un animal de compagnie fut curieusement assombrie par la réaction de l'école vis-à-vis de Honey. Toutes les chambres de Cleathorpes, y compris la sienne, bruissaient des conversations les plus venimeuses. Tout le monde voulait l'« envoyer à Coventry ». J'avais découvert cette expression un an auparavant, quand les filles de première avaient puni une des leurs pour avoir piqué le petit copain d'une autre, en votant son « envoi à Coventry ». C'était la pire chose qui pouvait arriver à Saint-Augustin, bien pire qu'une campagne de Post-it. Personne ne vous regardait ni ne vous parlait, que ce soit en classe, dans les couloirs, à l'étude, dans les chambres, au gymnase, ni même à la messe quand le curé demandait à l'assistance de se donner la paix de Dieu en se serrant la main.

Même Poppy, sa propre sœur, n'adressait plus la parole à Honey. Je crois que c'est ce qui avait déclenché chez moi une réaction paradoxale en sa faveur : alors que j'étais sa « victime », j'étais devenue sa seule « alliée ». A dire vrai, j'étais sincèrement désolée pour elle. Ses parents avaient été convoqués par sœur Constance, qui les avait informés du comportement de leur fille et les avait prévenus qu'au premier carton bleu Honey serait renvoyée sur-le-champ. Elle avait déjà été exclue pour une semaine et privée de week-ends de sortie jusqu'à la fin du trimestre.

Peu de temps après, j'ai reçu une lettre de Freddie écrite sur le papier à en-tête de la famille royale, dans laquelle il s'excusait de façon très formelle pour son comportement inopportun. Je l'ai lue et relue. Le ton officiel employé par Freddie m'a rendue malade et encore plus malheureuse que le soir du bal. J'ai décidé de ne la montrer à personne, pas même à Star, et je l'ai gardée dans ma poche pour plus de sûreté.

Tandis que nous achevions un assaut pendant notre entraînement d'escrime, j'ai essayé pour la première fois d'expliquer à Star pourquoi je ne trouvais pas ça bien d'envoyer cette peste de Honey à Coventry.

– OK, répondit Star, mais n'oublie pas que même si Georgina et les autres sont sympa avec nous maintenant, elles nous ont mené une vie d'enfer pendant des années !

– Possible, ai-je répondu en me dirigeant vers les casiers du vestiaire.

– Comment ça, possible ! s'est exclamée Star, tu as déjà oublié toutes les vacheries qu'elles nous ont faites ! Moi, je m'en foutais, mais toi, je ne crois pas... même si tu n'en as jamais parlé.

– Je ne dis pas le contraire. Mais même si elle est la plus méchante, la plus mesquine, la plus aristo-dingue de Saint-Augustin...

– Honey rebondira. Elle rebondit toujours

– Tu as peut-être raison, mais quand même...

– J'espère que tu n'es pas en train de me dire que nous devrions devenir amies avec elle, s'offusqua Star.

– Mais non ! répliquai-je en riant, mais je pense que nous ne devrions pas prendre part à ce truc de Coventry.

– Hum... Je n'en suis pas si sûre. Au contraire, je crois que ça lui ferait le plus grand bien. Peut-être même que ça la rendrait bonne et gentille, comme nous, qui sait ? plaisanta Star pour me dérider. Et puis, regarde les choses en face, c'est elle qui a gâché ta soirée avec Freddie.

Pendant que nous rangions notre matériel dans le casier, j'ai montré la lettre de Freddie à Star.

– De toute évidence, quelqu'un du palais l'a rédigée pour lui, dit-elle en me rendant la lettre.

– Mais il l'a signée.

– Je t'ai déjà dit qu'il était stupide d'avoir cru toutes les horreurs que Honey avait racontées à ton sujet. Oublie-le.

– Tu as raison. De toute façon, j'ai fait une croix dessus.

J'avais dit ça d'un ton détaché, mais c'était faux, archifaux.

Après l'escrime, Star, Georgina, Clémentine, Arabella et moi sommes allées voir sœur Constance pour discuter du lancement de *Nonne y soit qui mal y pense*. Elle était en rendez-vous avec le père Conway. Tandis que nous attendions dans le couloir, la conversation dévia de nouveau sur Honey.

– Franchement, je ne sais pas pourquoi tu t'inquiètes tant pour cette fille qui t'a toujours détestée ! dit Georgina sèchement.

Clémentine et Arabella approuvèrent, tandis que Star me lançait un regard appuyé, genre : « rappelle-toi : il n'y a pas si longtemps, Georgina aussi te détestait. » Je pris conscience du ridicule de la situation.

– C'est vrai, elle mérite d'être envoyée à Coventry ! a renchéri Clémentine.

– Personne ne mérite rien ! ai-je décrété sur un ton irrité qui a laissé tout le monde sans voix.

Pendant que nous attendions en silence que sœur Constance en termine avec le père Conway, je repensais aux royales excuses de Freddie pour son « comportement inopportun ». Qu'est-ce qui était inopportun, le baiser ? Pensait-il que c'était inopportun d'embrasser une fille aussi commune que moi ? Était-ce le sens de sa phrase ? Je commençais à comprendre la colère de Star. Comment avait-il pu prendre pour argent comptant les propos d'une fille comme Honey sans chercher à connaître l'avis de celle avec qui il venait d'échanger un long baiser ?

Et pourtant, je ne pouvais m'ôter ce baiser de la mémoire. Je le repassais en boucle dans ma tête, encore, et encore. Un merveilleux souvenir que j'avais décidé de ne partager avec personne.

– Qu'est-ce qu'elle va nous dire ? demanda Arabella en parlant de sœur Constance.

– A propos de l'envoi de...

– Honey à Coventry ?

– Non, à propos de *Nonne y soit qui mal y pense* !

– Probablement d'aller au diable, répondit Georgina. Il ne faut pas se faire trop d'illusions, les filles, après le fiasco du bal de l'autre soir, il est peu probable qu'elle nous laisse utiliser le hall et encore moins inviter les garçons de Eades.

« C'était moi, le fiasco de l'autre soir ! » pensai-je en m'affalant sur une chaise.

– Tu as probablement raison Georgina, dit Clémentine, déçue.

– D'un autre côté, rappelez-vous que nous faisons ça pour une bonne cause, fit remarquer Star, tandis que le père Conway sortait du bureau de la mère supérieure.

– On n'a rien à perdre, soupira Georgina, et elle réajusta son uniforme avant de frapper doucement à la vieille porte gothique en chêne.

La voix de la sœur retentit, distincte et neutre, comme toujours :

– Entrez !

Assise à son bureau, droite, les mains posées sur les genoux, elle était imposante, presque terrifiante, avec le Christ en croix au-dessus de sa tête.

– Bonsoir, ma sœur.

– Mesdemoiselles, répondit-elle en hochant légèrement la tête pour nous donner la parole.

Je désignai Georgina du menton, puisque nous l'avions élue porte-parole. Mais Georgina, qui avait changé d'avis, me désigna à son tour. Et moi, je désignai Star. L'une de nous devait se lancer et ce ne serait pas moi. Ni Star apparemment, qui désigna à son tour Clémentine.

– Décidez-vous, mesdemoiselles, ce n'est ni l'heure ni le lieu pour un vaudeville. De quoi vouliez-vous m'entretenir ?

Devant le silence des autres, je me jetai à l'eau.

– Euh... Eh bien vous voyez, ma sœur, nous pensions organiser un... euh... comment dire ? un lancement, pour notre... magazine. Et, bien sûr seulement au cas où vous seriez d'accord pour qu'on organise un lancement, nous pensions vous demander l'autorisation de le faire dans le hall du collège, ai-je bégayé.

– Et d'inviter des garçons, ajouta Clémentine.

– Ou pas, ajoutai-je immédiatement. Car nous avons pensé que peut-être vous ne trouveriez pas opportun d'inviter des garçons après le bal de l'autre soir.

Connaissant l'affection toute particulière de sœur Constance pour le mot « opportun », j'espérais, en l'employant, adoucir sa réaction.

– Au contraire, répondit-elle, je pense que c'est extrêmement opportun, sinon impératif, que nous ouvrions le hall au plus grand nombre d'invités payants possible. J'en ai longuement discuté avec Mr. Raymond, le directeur de Eades, et il pense comme moi que le lancement de ce magazine est l'occasion idéale pour faire oublier à tout le monde le déplaisant incident de l'autre soir. Enfin, l'autre raison, qui n'est pas la moins importante, c'est la cause pour laquelle nous collectons les fonds. J'ai proposé de mettre le billet d'entrée à vingt livres. Mr. Raymond trouvait cela un peu cher, mais comme je le lui ai fait remarquer, tout l'argent récolté ira à Enfants du monde.

– Vous plaisantez, ma sœur ? s'écria Star.

Mais nous savions toutes que sœur Constance n'était pas vraiment du genre à plaisanter.

– Une cigarette, il me faut une cigarette, déclara Georgina en commençant à s'éventer.

Même ça ne suffit pas à arracher un sourire au visage impavide de notre mère supérieure.

Je me souvins alors que lorsque Bob et Sarah m'avaient déposée à l'école, sur le chemin de l'aéroport, Bob m'avait fait remarquer : « C'est une femme bien, ta sœur Constance. » Je souris. Il me manquait. Lui aussi c'était quelqu'un de bien.

Balade au clair de lune . 20

Ce soir-là, le « cercle des nanas littéraires » décida d'aller se promener au clair de lune.

Ces balades nocturnes étaient une tradition si ancienne à Saint-Augustin que nul ne savait à quand elle remontait exactement. Même sœur Marie-Francis, qui avait cent deux ans, n'aurait su dire avec certitude depuis quand les filles du pensionnat pratiquaient ces promenades nocturnes. Je suppose que les nonnes n'étaient pas vraiment supposées le savoir, sinon elles se seraient fait renvoyer.

Maintenant que le nombre de vigiles accompagnés de chiens était revenu à la normale, nous pouvions aller célébrer notre victoire sur sœur Constance par une balade dans les bois à la lueur de la pleine lune. A moins que ce ne soit sa victoire sur nous ?

Armées de lampes torches, de couvertures, de cigarettes, de Febreze, de biscuits et de bouteilles de Body Shop Special, nous nous sommes faufilées jusqu'au rez-de-chaussée et avons escaladé la fenêtre de l'intendance, qui pour une raison inconnue n'était jamais fermée à clé.

La traversée du parterre de jacinthes sauvages qui menait à Puller's Wood se déroula sans encombre. Aucune d'entre nous ne se fit dévorer par un chien ! Avant de pénétrer dans le bois, nous avons jeté un coup d'œil derrière nous pour admirer le reflet laiteux de la lune sur le toit de Cleathorpes, puis nous avons étendu nos couvertures dans une petite clairière tapissée de fleurs sauvages et nous nous sommes allongées pour admirer la voûte céleste constellée d'étoiles au-dessus de nos têtes. Tout était calme et fleurait bon en ce début de juin. J'avais toujours aimé le printemps à Saint-Augustin : l'air y était chargé d'électricité qui procurait cette étrange sensation que tout était possible.

Le temps semblait suspendu dans la douceur de la nuit étoilée. En tout cas, jusqu'à ce que nous entendions un renard faire des choses apparemment très cruelles à un autre animal.

– Qu'est-ce que tu crois qu'il va se passer pour toi et Freddie ? demanda Arabella en ouvrant les paquets de biscuits.

J'aperçus une étoile filante et sentis les larmes me monter aux yeux. Je ne savais même pas quel vœu faire. Je ne savais même plus ce que je souhaitais pour Freddie et moi. L'intervention de Star m'évita de répondre.

– Je t'ai déjà dit que ce mec est nul! déclara-t-elle brusquement. Il n'y a qu'à lire la lettre d'excuses officielle qu'il t'a envoyée, c'est nul!

– Il t'a écrit une lettre? demanda Georgina en se redressant brusquement.

– Le palais m'a écrit, répondis-je froidement.

– Génial! Mais tu ne trouves pas bizarre qu'il ne t'ait ni appelée ni envoyé de message?

Si, je trouvais ça bizarre. D'autant qu'avant le bal c'était une véritable machine à messages vocaux.

– Tu sais quoi? je suis persuadée qu'il est toujours aussi parano avec ces histoires d'«écoutes».

Arabella la coupa.

– Portia m'a dit que son frère, qui est dans la même classe que lui, prétend qu'il est très amoureux de toi, mais qu'il fait profil bas en attendant que la rumeur se calme. Il aurait reçu des consignes de sa royale famille.

Pourquoi est-ce que Portia ne me l'avait pas dit à moi, alors que nous nous entraînons ensemble au sabre trois fois par semaine? J'avais toujours pensé qu'elle ne parlait pas beaucoup parce qu'elle était réservée, le genre de fille qui aime bien être seule, mais apparemment elle bavardait volontiers avec Arabella.

Star poussa un grognement dubitatif.

Clémentine, elle, poussa un grognement d'acquiescement qui lui valut d'avaler sa vodka de travers. Elle se mit à tousser comme une perdue et, quand enfin elle reprit sa respiration, elle confirma ce que venait de dire Arabella:

– Antoinette dit la même chose. D'après son frère, Freddie parle tout le temps de toi.

– Tu te souviens de Kevin, l'ami de Freddie ? demanda Georgina.

– Oui ! Il est trop craquant, gémit Clémentine qui avait depuis longtemps reporté sur Kevin l'affection qu'elle portait au dénommé Razzle.

– Eh bien, son frère est le petit ami de Poppy.

– Tu veux dire que Poppy daignerait sortir avec un mec de l'East End ? j'y crois pas.

J'aperçus une autre étoile filante passer dans le ciel juste au moment où Arabella me chatouilla les narines avec une chips. J'ouvris la bouche pour l'avaler.

– T'as des allumettes, Georgie ? demanda Star.

Georgina prit la cigarette de la bouche de Star et la mit dans la sienne où elle en avait déjà aligné trois autres.

– Nous n'avons que trois allumettes, dit-elle en parlant du coin de la bouche, tandis qu'elle allumait les quatre cigarettes d'une traite avant de nous les distribuer à chacune.

– Alors comme ça, le frère du meilleur ami de Freddie est le petit copain de Poppy, répétai-je tout haut, en essayant de réfléchir aux conséquences que cela pourrait avoir. Si ça en avait.

– Exact, répondit Georgina.

– Donc, il doit savoir si c'est vrai ou pas.

– Ou il a été convaincu par Poppy que c'était vrai.

– Comme si quelqu'un de sensé pouvait croire des filles comme Honey ou Poppy ! D'après maman, lady O'Hare – qui, soit dit en passant, n'est plus mariée à un lord et ne devrait donc plus porter le titre – ferait n'importe quoi pour qu'on parle d'elle ! Il paraît qu'elle a même ouvert leur maison de Knightsbridge à une sordide émission de Sky TV, la semaine dernière.

– Et c'est comment ? a demandé Clémentine dont les grands yeux bleu marine s'arrondirent de curiosité.

– Qu'est-ce que tu crois ? Aussi moche et clinquant qu'un hôtel cinq étoiles. Aucune touche personnelle, absolument rien d'original. Tous les meubles sont récents. Je veux dire, c'est rempli d'antiquités mais qui viennent toutes d'être achetées. Au point que maman s'est demandé s'ils avaient des ancêtres !

C'était le genre de réflexion élitiste qui m'horripilait.

– Tu sais, Georgina, tous les meubles de mes parents aussi sont récents, ai-je dit.

Je n'ai pas précisé que notre maison ne ressemblait même pas à un hôtel cinq étoiles, quoiqu'on puisse, sans se tromper, la qualifier d'originale.

– Peut-être, mais ça n'a rien à voir. Tu n'essayes pas de te la jouer « mon arrière-arrière-arrière-grand-père était le meilleur ami du roi ». Moi, j'ai horreur des vieilleries pleines de poussière. Au contraire, j'adore le mobilier contemporain. Le jour où j'achèterai une maison, j'en choisirai une du genre *Odyssée de l'espace*. Et puis, je suis sûre que la maison de tes parents est super cool. Au fait, c'est à Malibu ?

– Non.

– Ce serait super qu'on vienne te voir, ajouta-t-elle.

Une autre étoile fila dans le ciel. Cette fois, je fis le vœu que Georgina oublie l'invitation de Bob pour cet été.

– Honey a toujours été prétentieuse, décréta Arabella en grimaçant, après quelques minutes de silence.

Ça m'était bien égal de savoir si Honey était snob ou prétentieuse. Je ne pouvais m'empêcher de penser que si le frère du meilleur ami de Freddie était le petit copain de Poppy, Freddie devait forcément avoir un point de vue très différent sur les choses.

Star aspira une grande bouffée de sa cigarette et proposa : « Bon ! Résumons la situation ! Le frère de son meilleur ami doit être un mec tragique pour sortir avec Poppy, non ? S'il est tragique, son frère doit l'être également, vous êtes d'accord ? Et donc, *ipso facto,* Freddie l'est aussi. C'est de la pure logique ! Croyez-moi, on peut juger les gens par leurs amis.

Georgina avala une rasade de vodka.

– Arrête de nous ipsofactotiser avec ta logique. Tout ce que je sais, c'est que je vais me planter en latin, et que si j'échoue, c'est papa qui choisira toutes mes matières en première !

– Regardez, une étoile filante ! s'exclama Star. Faisons un vœu. Que *Nonne y soit qui mal y pense* soit un succès !

– Moi, qu'on récolte de milliers de livres pour Enfants du monde, suggéra Clémentine.

Puis elles levèrent leur cigarette en l'air pour faire semblant de porter un toast. Voyant que je n'en avais pas, Georgina me donna une des deux précieuses allumettes restantes afin que je puisse faire comme elles. L'allumette s'embrasa aussitôt au contact du bout incandescent des cigarettes dans un joli bruit de souffre qui claque, scellant notre amitié et l'avenir de notre journal.

– Je te l'avais bien dit que ce serait un super trimestre, me murmura Georgina en prenant ma main dans la sienne.

J'attrapai alors la main de Star, qui prit celle de Clémentine, qui prit celle d'Arabella, et nous restâmes ainsi un long moment, chacune perdue dans le silence de nos pensées les plus secrètes.

– Il te reste toujours Jay à L.A., nota Georgina, qui venait de reprendre une petite gorgée de vodka.

La rime nous fit rire.

– Non, c'est fini, ai-je dit une fois le silence revenu.

– Tu ne l'as quand même pas laissé tomber quand tu es sorti avec Freddie ? s'inquiéta Georgina.

– Ça n'a pas été nécessaire, ai-je répondu en frissonnant à l'idée de ce que je m'apprêtais à avouer. Il n'a jamais été mon petit ami. Je vous ai raconté des bobards.

J'ai senti la main de Star qui serrait la mienne et ça m'a donné du courage pour aller jusqu'au bout de mes aveux.

– Et les photos alors ? demanda Clémentine.

– C'est l'assistant de ma mère. Il est gay.

– L'assistant gay de ta mère ! répéta Georgina en crachant sa vodka.

– C'est ça. Vous savez, je ne suis pas très fière de ce que j'ai fait, ai-je continué en priant pour que Georgina ne lâche pas ma main – ce que j'aurais pu supporter de Clémentine ou d'Arabella, mais pas de sa part.

– Calypso, tu es vraiment trop ! s'esclaffa Georgina en partant d'un grand éclat de rire.

– Trop... décevante tu veux dire ?

– Voilà un bon article pour notre magazine : « Les amours des femmes décevantes », suggéra Clémentine.

– Ah non !

Toujours allongées au clair de lune, main dans la main, alors que les étoiles filaient dans le ciel, je pris conscience de ce que je venais de confesser à mes amies, à ma plus grande honte, et du fait que, bien que je sois sortie avec un prince et qu'il m'ait laissée tomber, tout irait bien. Soudain, je compris ce que Star avait si souvent tenté de m'expliquer : que l'amitié n'avait rien à voir avec le fait d'être du même milieu social ou avec celui de draguer des garçons, mais qu'elle était faite de moments uniques comme celui-là. Les gens ne sont pas toujours ce qu'ils paraissent. Pendant toutes ces années à Saint-Augustin, j'avais été aveuglée par mes préjugés sur Georgina et les personnes de son milieu. Une fois de plus, Star avait raison, je devais m'accepter telle que j'étais si je voulais que les autres m'acceptent à leur tour.

– De toute façon, tu vas le voir demain, annonça Arabella.

– Qui ? Jay ? rigola Star.

– Mais non, Freddie. Tu ne te rappelles pas que tu as un tournoi d'escrime à Eades demain ? Peut-être te battras-tu contre lui ?

Star me regarda d'un air taquin :

– Et même, qui sait, vous bataillerez peut-être de la langue s'il arrive à semer ses gardes du corps.

Comment avais-je pu oublier le tournoi de demain alors qu'il était tout à fait possible que je me retrouve de nouveau face à face avec lui ?

– Batailler de la langue ! Tu sais que tu es vraiment lourde quand tu t'y mets, Star, décréta Georgina en allumant une nouvelle rangée de cigarettes.

En garde, Votre Altesse. 21

Je suis restée anormalement silencieuse dans le minibus qui nous emmenait à Eades pour le tournoi. Ma tête bourdonnait et mon cœur faisait de drôles de petits soubresauts. Selon Georgina, qui avait adopté un langage très châtié depuis la création de notre cercle littéraire, je souffrais de « désespoir empoisonné d'espoir ». Elle n'avait pas tort, même si je penchais plutôt pour un problème « d'amour empoisonné de rejet ».

Je repensais à notre discussion au clair de lune à propos de Freddie et du fait qu'il restait persuadé que je commercialisais son statut de prince. Tout cela était très confus dans ma tête parce que : un, je lui en voulais terriblement pour sa lettre d'excuses officielles ; et deux, j'avais terriblement envie de l'embrasser à nouveau. Le souvenir de notre baiser le soir du bal était encore très vif. Je passais et repassais le film de cette soirée en boucle dans ma tête et, chaque fois, je frissonnais à l'évocation de

Freddie déposant sa veste sur mes épaules comme si moi, Calypso Kelly, j'étais une princesse; chaque fois je frissonnais au souvenir de ses lèvres contre les miennes, et chaque fois mon cœur faisait woops à la pensée de sa main glissant le long de mon dos bardé d'épingles de nourrice pendant qu'il m'embrassait. Tout aurait été merveilleux s'il n'y avait pas eu Honey, cette sordide histoire de photos et, maintenant, cette stupide lettre d'excuses.

Freddie fut la première personne que j'aperçus en entrant dans la salle d'armes de Eades. Il était encore plus mignon que dans mon souvenir. Ses cheveux étaient tout ébouriffés tandis qu'il s'échauffait sur une des pistes. J'aurais voulu lui sauter au cou!

Il m'a souri en me voyant, mais je n'aurais pas su dire si c'était un sourire «tout-va-bien» ou un de ces sourires «voyez-comme-je-suis-parfait», qu'on leur enseignait dès le plus jeune âge.

Star, sentant ma gêne, me murmura à l'oreille: «Excusez-moi, mais savez-vous seulement QUI je suis?» Cela me fit rire.

Portia, Star et moi étions dans la première équipe, ce qui n'avait rien d'extraordinaire, étant donné qu'il n'y avait qu'une seule équipe de sabre à Saint-Augustin. Portia, qui faisait aussi de l'épée, fut appelée la première. Star et moi nous sommes assises sur un banc pour la regarder combattre.

– Je crois que c'est le frère de Kevin, Billy, qui se bat contre Portia, me dit Star.

– Eh bien lui, au moins, il ne lui fait pas de cadeau ! répondis-je, admirative.

Il était excellent. La plupart des garçons se battaient différemment quand ils affrontaient des filles, ne voulant les toucher ni au-dessus du ventre ni en dessous, ou alors ils les laissaient gagner par galanterie. Il n'y avait rien de pire. Pour moi, c'était une forme de mépris et j'avais horreur de ça. Star était d'accord. Clémentine trouvait que nous n'étions pas sympas puisqu'ils faisaient ça pour être gentils. Mais comme Clémentine trouvait aussi que nous n'étions pas sympa de manger des oursons en gélatine parce qu'ils ressemblaient à son petit frère Sébastien, alors… !

Billy était intraitable. Il donnait tout ce qu'il avait contre Portia. Ça me plaisait.

Quand l'arbitre m'appela pour mon premier assaut, j'étais persuadée de tomber sur Freddie. Mais je me retrouvai face à Billy, capitaine de l'équipe, qui était le meilleur sabreur de sa catégorie en Angleterre et avait des chances d'être sélectionné dans l'équipe olympique.

Pendant qu'on me branchait les capteurs électroniques, je le regardai attentivement. Je pris conscience que je ne pensais plus du tout à Freddie, mais à gagner cet assaut… et à Billy.

Il ressemblait à Kevin, en plus âgé et en plus beau, avec des cheveux blonds coupés court et des yeux qui riaient même quand il ne souriait pas. Le temps que je me dise qu'il allait peut-être être fatigué par son assaut contre Portia, l'arbitre, en l'occurrence le maître d'armes de Eades, donna le signal. « En garde. Prêt ? Allez ! »

Billy porta la première attaque. Surprise, je parai, puis contre-attaquai par un coup qui le toucha à l'arrière de la nuque. Le point n'était pas valable, mais je lui avais fait mal. Très mal. Je le savais d'expérience. Billy demanda une interruption de l'assaut et l'arbitre ordonna l'arrêt.

La deuxième fois, Billy me laissa attaquer la première, soit parce qu'il souffrait, soit parce qu'il ne savait pas trop comment j'allais réagir. La troisième fois, je décidai de mettre ses nerfs à l'épreuve en restant longtemps sur la ligne sans bouger. Quand enfin je me décidai à attaquer, je marquai le point immédiatement en le touchant au torse. Tous les assauts restants furent pour moi ; je gagnai cinq à zéro.

A la fin du match, Billy ôta son masque et me serra la main.

– Tu dépasses ta réputation, me dit-il en riant.

Après que j'eus, moi aussi, enlevé mon masque, nous nous serrâmes la main de nouveau.

– Je m'appelle Billy. Je crois que tu connais mon frère Kevin ?

– Calypso, ai-je répondu en souriant.

Un sentiment de chaleur envahit tout mon corps. Je ne sais pas combien de temps nous sommes restés à nous serrer la main sur la piste en nous regardant dans les yeux, mais tout le monde nous observait. Aucun de nous deux ne se décidait à bouger.

Dans un sursaut de dignité, je finis quand même par retirer ma main la première.

– Calypso, répéta-t-il.

– C'est ça.

Et voilà, encore ce prénom ridicule, pensai-je.

– Celle qui détourne les hommes de leur but, dit-il pour me taquiner, en faisant référence à *L'Odyssée* d'Homère, celle qui garda Ulysse prisonnier si longtemps dans son île que les dieux durent lui ordonner de le laisser partir…

Curieusement, je n'ai pas éprouvé le besoin de noyer ma gêne dans un flot verbal sans queue ni tête. Quelque chose en lui me donnait confiance en moi.

– Certains hommes ont besoin d'un bon détournement.

– Touché ! répondit-il, bon joueur.

C'est à ce moment-là que Freddie est arrivé.

– Salut vieux, comment ça va ? demanda Billy.

– Je crois que je rencontre Portia pour mon prochain assaut, lui répondit-il en me regardant d'un air triste.

Je me surpris moi-même en réagissant de façon très cool.

– Salut, Freddie. Portia est très bonne, tu sais !

– Pas autant que toi.

– Si elle est aussi forte que Calypso, le seul conseil que j'ai à te donner c'est de prendre garde à ta nuque, vieux.

Freddie eut l'air gêné de ne pas avoir regardé notre match.

– Bon, je ferais mieux d'y aller, je dois rencontrer Star maintenant, dit Billy. Puis, se tournant vers moi : au fait, c'était super de me faire battre au sabre par toi.

J'ai dû faire une grimace gênée car il me fit un clin d'œil en déclarant :

– Je plaisantais, c'était un plaisir. J'espère qu'on se reverra.

– Que se passe-t-il entre vous ? demanda Freddie, visiblement un peu jaloux.

Même si une partie de moi avait follement envie de l'embrasser, l'autre se sentait toujours aussi humiliée par la façon dont il m'avait traitée.

Je poussai un profond soupir.

– Il faut que nous parlions, dit-il. Je crois que je te dois des explications...

Soudain, toutes mes hésitations, toute ma colère, tout mon désir jaillirent hors de moi et je répondis sèchement :

– Je crois que nous n'avons plus rien à nous dire.

Sur ce, je tournai les talons.

– Attends, Calypso, dit-il en me retenant par le bras.

J'ai regardé sa main sur mon bras, puis j'ai levé la tête et j'ai plongé mes yeux dans les siens. Il a lâché prise. Heureusement, car je crois que j'aurais pu l'embrasser à cet instant précis, et on sait comment ça avait fini la première fois.

– Je crois que tu ne comprends pas.

– Oh si, je comprends parfaitement ! Je comprends que Son Altesse Royale complètement parano craint que des gens sordides, comme moi, profitent de lui pour se faire du fric.

– Ce n'est pas ça.

Mais j'étais lancée et plus rien ne pouvait m'arrêter.

– Tu te prends pour qui ? L'héritier du trône, le maître de la Nation où je ne sais quel autre truc de ce genre ?

Freddie encaissa la remarque. Je continuai de plus belle :

– Et puis, quand bien même j'aurais vendu ces messages pour mille livres, ça ne serait pas pire que tout ce que j'ai subi à cause de toi ! Tu ne crois pas ?

Il secoua la tête et ouvrit la bouche pour me répondre, mais je ne lui laissai aucune chance.

– Vous pouvez aller au diable, toi et ton statut royal ! Et moi, tu as pensé à moi ? Tu crois que c'est un privilège d'être traitée de fille facile par tous les journaux à scandale du pays ?

Il ouvrit la bouche, puis se ravisa aussitôt. Alors je lui dis d'ôter sa royale carcasse de mon chemin et de rester le plus loin possible de moi dorénavant, et bien d'autres choses encore.

– Je crois qu'on vient de t'appeler, me dit-il au bout d'un moment.

– Quoi ?

– On vient de t'appeler pour un assaut.

– Ah bon ! eh bien au revoir !

Je me suis dirigée vers la piste en essayant de rassembler mes esprits pour mener mon assaut. L'entendant qui m'appelait, je me suis retournée.

– Bonne chance ! dit-il en faisant un petit signe de la main.

– Je n'ai pas besoin de chance ! répondis-je sèchement, désemparée par sa soudaine gentillesse.

Je regrettai aussitôt de lui avoir parlé ainsi. On aurait cru entendre Honey !

J'avais gagné tous mes assauts, mais je tremblais encore de mon échange avec Freddie en montant dans le minibus qui nous ramenait à l'école.

Tout le monde me félicita de la semonce royale que je lui avais administrée, mais je suis restée silencieuse pendant tout le voyage de retour. Je me sentais mal à l'aise, et même je m'en voulais de cette éruption verbale incontrôlée. Je ne lui avais même pas laissé une chance de s'expliquer. Aurais-je dû ?

Je n'ai pas parlé aux autres de mes remords, car je savais qu'elles me répondraient que j'avais été merveilleuse, blablablabla. Dieu merci, c'était un week-end de sortie et nous devions faire vite si nous voulions nous changer à temps et attraper le bus pour Londres.

Star m'avait invitée à passer le week-end dans sa maison de Chelsea, où ses parents donnaient une grande fête ce soir. Il y avait un tas de mannequins, de musiciens et de chanteurs connus qui se comporteraient tous comme s'ils avaient seize ans. Que se passait-il donc dans la tête des adultes qui refusaient de vieillir ? C'était une question que je me posais à chaque fois que j'allais chez Star.

Star et moi errions, un verre de whisky-Coca à la

main. Je trouvais ça très mauvais, mais Star prétendait que c'était la seule boisson que l'on pouvait décemment boire dans une soirée de rock stars. Contrairement au breuvage, l'ambiance était cool. Quel bonheur de rencontrer ces gens célèbres qui nous parlaient comme à de vrais adultes, même si nous avions au moins cent ans de moins qu'eux !

Le meilleur moment de la soirée fut quand Elsa, un top-modèle-hyper-célèbre-devenue-écrivain, s'est enfermée avec nous dans le placard sous l'escalier pour bavarder un peu. Nous avons parlé école, copines, maquillage, puis nous lui avons raconté notre projet de journal. Elle a trouvé ça très chouette et nous a proposé de participer au lancement.

La soirée avait duré toute la nuit. Quand nous sommes descendues pour le petit déjeuner, le sol et les canapés étaient jonchés de corps endormis et ronflants : les anciens musiciens de Tiger pour la plupart. Pendant toute la matinée, Star et moi nous sommes amusées comme deux gamines à leur mettre des Coco Pops dans la bouche, puis à nous cacher pour observer leur réaction. Ce week-end encéphalogramme plat fut un parfait antidote contre tous les questionnements qui me taraudaient.

Pendant le trajet de retour à Saint-Augustin, je découvris sur ma messagerie un texto qui datait de vendredi. Je n'avais pas ouvert mon téléphone de tout le week-end.

STP NE ME HAIS PAS
JE NE TE HAIS PAS… BIEN O KONTR
S K JE PEUX TE TEL POUR EXPLIKER ? F.

J'ai immédiatement répondu :

JE NE TE HAIS PAS. C x

J'ai aussitôt regretté le x.

Nonne y soit qui mal y pense. 22

Une semaine plus tard, le matin du lancement de *Nonne y soit qui mal y pense,* je me suis réveillée avant le gong, ce qui avait le don d'énerver miss Cribbe. Honey était de retour à l'école... et de Coventry. Étrangement, c'était assez drôle d'avoir de nouveau parmi nous la Reine des S (la reine des salopes).

Pendant sa semaine d'exclusion, Honey avait subi un « relookage » complet. Ses cheveux étaient plus blonds que jamais, on lui avait fait une injection de Rystaline autour des lèvres et un piercing à la narine. Comme punition-récompense, sa mère lui avait offert un anneau de nez en diamant véritable, tandis que Duchesse avait hérité d'un collier, également en diamants, de chez Tiffany, agrémenté d'une clochette en or blanc destinée à rendre les autres animaux dingo.

– Hilda est terrifiée ! s'offusqua Star. Elle est tellement stressée par cette cloche qui n'arrête pas de tinter qu'elle ne quitte plus sa roue. J'ai peur qu'elle finisse par avoir une crise cardiaque, si ça continue.

Pour une fois, je compatissais aux malheurs de Hilda, ainsi que des autres animaux de l'enclos, Dorothy Parker compris. C'était comme si le gong de miss Cribbe avait résonné chaque fois qu'elle bougeait.

– De toute façon j'en ai marre d'elle, répondit Honey en bâillant quand Georgina se plaignit de la clochette de son lapin. Je trouve que le collier en diamants ferait beaucoup plus classe sur un lapin blanc. Je vais donner Duchesse à Poppy.

Aucune de nous ne fit de commentaire. Apparemment, le relookage ne comprenait pas le caractère ! Et puis nous avions un tas de choses plus urgentes à régler. Il fallait vérifier que tout soit bien prêt pour le lancement de ce soir. Toute la journée, les filles de l'école défilèrent pour nous demander si c'était vrai que Jono, la célèbre rock star, viendrait. Personne ne prêta la moindre attention aux cours.

Les sœurs s'étaient portées volontaires pour assurer la surveillance (c'est-à-dire fourrer leur nez partout pour s'assurer que nous n'ayons pas la moindre opportunité de draguer un garçon.)

Mais j'avais un plan.

Après avoir répondu au message en signant d'un X, j'avais décidé que le jour du lancement j'irais dire bonjour à Freddie, que je le prendrais par la main et, pendant que Georgina et Star feraient diversion auprès des nonnes, par la petite porte dérobée située derrière l'estrade, je l'entraînerais dans le passage secret où nous pourrions nous embrasser comme des fous. J'en étais arrivée à la conclusion qu'un long baiser était le meilleur moyen de surmonter tous nos malentendus. A dire vrai, l'idée venait en partie de Clémentine. Cela faisait un moment que ça couvait, mais depuis le bal de Eades, son mal avait empiré et, à l'approche du jour J, la maladie s'était carrément déclarée : elle était atteinte de « garçonite aiguë ». Sa seule préoccupation et son seul sujet de conversation étaient : « qui draguer à cette fête ». Elle avait établi une liste de cinq noms possibles :

Kevin
Kevin
Kevin
Kevin
Kevin

Georgina aussi avait fait une liste. La sienne comportait cinquante-cinq noms (tous différents), dont cinquante-quatre ne fréquentaient pas Eades. Mais ce n'était pas un souci, car Georgina pouvait draguer qui elle voulait (son record était de dix-huit garçons dans la même soirée), alors que Clémentine était comme moi, du genre dramatiquement « mono-obsessionnelle » selon Georgina.

Star sortait de nouveau avec Ruppert qui était devenu une cible potentielle depuis qu'il ne portait plus d'appareil dentaire. Elle envisageait cependant de jeter son dévolu sur quelques garçons plus âgés, juste au cas où Ruppert embrasserait aussi mal sans son appareil dentaire qu'avec!

La liste d'Arabella n'était pas close, mais elle avait fait le serment de draguer au moins six garçons avant la fin de la soirée.

Dieu merci, nos sœurs étaient vieilles et naïves.

La peinture que nous avaient envoyée les enfants du village africain était accrochée au-dessus de l'estrade, à côté de la sono du DJ. Les sœurs s'étaient surpassées en matière de décoration. Elles avaient disposé une multitude d'ampoules multicolores un peu partout dans le hall et avaient suspendu au centre une boule de discothèque à facettes.

Sœur Hillary et sœur Veronica tenaient le stand de *Nonne y soit qui mal y pense*. Tous ceux qui avaient payé leur ticket d'entrée se voyaient remettre un exemplaire gratuit du magazine. Les autres pouvaient acheter un des deux cents exemplaires dédicacés par les rédactrices en chef, c'est-à-dire nous (Arabella, Clémentine, Georgina, Star et moi), pour la modique somme de dix livres.

Les garçons de Eades arrivèrent par vagues de bus successifs. Je traînais un peu à l'entrée dans l'espoir de tomber sur Freddie, mais en vain. Le hall était déjà plein quand j'aperçus Kevin qui approchait en riant avec des camarades. Je me faufilai jusqu'à lui et le saluai d'un air aussi naturel que possible. Il eut l'air content de me voir, mais les garçons de Eades sont d'une telle politesse qu'il était difficile de savoir si c'était sincère ou pas.

– Salut Calypso, comment ça va? Il paraît que tu as battu mon frère au sabre la semaine dernière. Félicitations.

J'ai rigolé bêtement comme une collégienne.

– Euh… comment va Freddie? demandai-je en haussant la tête pour voir par-dessus son épaule si je ne le voyais pas arriver.

– Couché avec une bonne gastro! répondit Kevin. Il m'a dit de te saluer.

Clem est arrivée et m'a aussitôt confisqué ma source d'informations. Je suis restée encore un moment à traîner devant l'entrée en me demandant ce que je devais comprendre dans: «il m'a dit de te saluer». Est-ce qu'il voulait dire: «je suis furax que ce foutu mal d'estomac m'empêche de poser mes yeux sur la très belle et très toxique Calypso Kelly, mais salue-la de ma part»? ou bien: «si tu vois la fille de l'escrime dont j'ai oublié le nom – Calypso, c'est ça? – dis-lui bonjour de ma part»? ou pire: il n'avait rien dit du tout et Kevin s'était senti obligé d'inventer ça pour ne pas me blesser.

J'ai regardé Kevin et Clémentine disparaître par la petite porte derrière l'estrade juste au moment où sœur Veronica ôtait ses lunettes pour les nettoyer et sœur Hillary enfournait goulûment un scone. Clémentine et Kevin furent suivis de près par Star et Ruppert, puis par Georgina et un garçon de première inconnu au bataillon.

– Alors, Calypso, es-tu autorisée à parler à un simple mortel ou dois-je demander l'autorisation à Zeus? s'enquit une voix derrière moi.

– Pardon ? répondis-je, en pivotant sur moi-même.

– Billy. Nous nous sommes rencontrés...

– Oui, je me souviens. Salut, comment ça va ?

Je ressentis la même sensation étrange que la première fois en lui parlant. Comme un vide dans l'estomac. J'avais peut-être contracté le même mal que Freddie ? Ne serait-ce pas romantique de partager une gastro avec mon prince ? Mais cette sensation n'avait rien de gastrique, elle était plutôt agréable.

– Bien. Bravo pour le journal. J'ai bien aimé les petits billets satiriques, surtout celui sur Honey.

Et là je me suis souvenue.

– Ah oui, tu sors avec Poppy, c'est ça ?

Il eut l'air gêné et regarda ses chaussures, une habitude très masculine.

– Non... Enfin, c'est juste que...

Sans détacher les yeux de ses pieds, il finit par s'ébrouer et par enfouir les mains profondément dans ses poches sans savoir comment continuer. Il était très mignon.

– ... Nous nous sommes vus deux ou trois fois pendant les vacances de Pâques pour faire une promenade sur King's Road, ou ce genre de choses, mais rien de plus. On ne sort pas ensemble.

C'est à ce moment-là que Poppy est arrivée.

– Ah ! te voilà, je te cherchais partout.

Elle était d'une beauté à couper le souffle dans sa robe rose très courte assortie à des sandales à talons Jimmy Choo. Poppy enroula aussitôt ses bras autour des épaules de Billy d'une façon possessive.

– Allez, viens vite, j'ai de la vodka dans mon sac, lui dit-elle en le prenant par la main et en l'entraînant vers la petite porte derrière l'estrade.

Billy se retourna et me regarda comme un homme qu'on emmène à l'échafaud.

Avec une garde-robe comme la sienne, pas étonnant qu'elle puisse draguer des garçons tels que Billy. Je regardais ma tenue. Je l'avais achetée la veille à une élève de première pour cinq livres. C'était un modèle de l'année dernière, des couleurs de l'année dernière et la marque de mes chaussures était totalement inconnue en Angleterre. Je les avais achetées en solde pendant les vacances. Honey avait déclaré que c'était des « pompes antidrague », mais qu'est-ce que j'en avais à faire de ce qu'elle pouvait dire ou penser maintenant.

La fête est devenue encore plus cool quand Jono, célèbre pour ses positions sur la dette des pays pauvres, est arrivé. Il est monté sur l'estrade rejoindre sœur Veronica. Il était charmant. Quand il a passé son bras autour des épaules de sœur Veronica, elle s'est mise à rire comme une collégienne.

Je rêvais ou sœur Veronica flirtait !

Une fois les présentations faites, il a prononcé un discours sur les raisons pour lesquelles les pays riches devraient annuler la dette des pays les plus pauvres. Tout le monde a applaudi. Puis il nous a félicités des efforts que nous avions mis en œuvre pour récolter de l'argent. Ce fut au tour de Tiger, le père de Star, et d'Elsa, le top-modèle rencontré à la fête des parents de Star, de monter sur l'estrade. Tiger titubait un peu quand il prit le micro des mains de Jono pour nous demander si on passait une bonne soirée rock'n roll. « Oui ! » a hurlé l'assemblée. Il a ajouté : « c'est super ! Et souvenez-vous que si tous ces enfoirés de pays riches annulaient la dette, quatre-vingt-dix millions de petites Africaines pourraient aller à l'école. » Nouveaux applaudissements. J'ai regardé Star pour la soutenir d'un sourire, mais elle n'avait pas du tout l'air gênée par le comportement de son père. Au contraire, elle était fière de lui. En y réfléchissant, je compris pourquoi.

Ensuite, Elsa a pris la parole pour rappeler que ce magazine n'aurait jamais vu le jour sans Star, Calypso, Arabella, Georgina, Clémentine, leurs amis et tous ceux qui y avaient contribué. La salle a de nouveau applaudi et la fête a commencé. J'ai dansé avec plusieurs garçons dont je n'ai même pas regardé le visage, à part Ruppert, dont le baiser sans appareil dentaire avec Star avait dû être un fiasco ! Ce fut une soirée mémorable, le plus mémorable moment étant le fou rire que nous avons piqué en rentrant au dortoir. Misty avait trempé la couette de Honey, dont on entendait les cris de rage dans tout Cleathorpes.

Gloire et embarras. 23

Durant la semaine qui suivit le lancement du magazine, tout le monde ne parlait que de la fête, ou, pour être plus précise, de qui était sorti avec qui. Je participais à l'enthousiasme général bien que mon score ait été nul ce soir-là, surtout que Freddie et Billy m'avaient tous deux envoyé des SMS et des messages vocaux depuis. Mais j'étais trop accaparée par la prochaine réunion du Cercle des nanas littéraires pour avoir la tête à des histoires de garçons.

Nous avions décidé de nous réunir le vendredi suivant pour discuter du sommaire du prochain numéro et établir le montant de la somme récoltée au cours de la soirée.

Sœur Constance donna les chiffres à la réunion du jeudi. C'était incroyable. Rien qu'avec les entrées à vingt livres des huit cents garçons de Eades et des quatre cents filles de Saint-Augustin, nous avions réuni une somme colossale, sans compter les donations de gens comme Jono et Tiger.

Sœur Constance se tenait debout sur l'estrade, flanquée de deux anciennes statues de la Vierge Marie au pied desquelles on avait disposé de grands vases de fleurs blanches. Toutes les sœurs étaient présentes à ses côtés, même les plus âgées (celles de plus de quatre-vingt-dix ans), que l'on avait pris soin de faire asseoir sur des chaises. Sœur Constance ne put s'empêcher de sourire en annonçant la somme récoltée. Elle était beaucoup plus importante que celle qu'avaient réunie l'année précédente les filles de première.

Sur l'instant, personne n'applaudit. Nous étions sous le choc. Mais, après un moment de silence, les sœurs se mirent à applaudir et sœur Constance nous félicita, Star, Clémentine, Arabella, Georgina et moi. Et, soudain, toute la salle a applaudi à son tour et les élèves ont lancé en l'air leur cravate comme le veut la tradition à Saint-Augustin. N'importe quelle excuse était bonne pour se débarrasser de ces horribles cravates. Je crois que même si nous n'avions récolté que cinq livres, nous les aurions lancées en l'air.

Quand le calme fut revenu, une ancienne élève de Saint-Augustin prit la parole pour nous expliquer ce que cet argent allait permettre de faire pour Enfants du monde. C'était l'un des plus beaux jours de ma vie... enfin jusqu'à ce qu'elle nous demande de venir la rejoindre sur l'estrade. Aucune de nous n'avait pensé à préparer un speech car nous n'avions pas imaginé devoir parler en public. Nous avons sorti notre gloss avant de nous faufiler jusqu'à l'estrade. Toute la salle s'est mise à taper du pied, même les nonnes (à l'exception de sœur Constance qui ne se départait jamais de sa dignité de mère supérieure), en criant: «Un discours! Un discours! Un discours!»

Sœur Constance prit le micro et demanda un peu de silence.

– Et maintenant, je suis sûre que vous serez ravies d'entendre l'une des responsables de ce succès, j'ai nommé Calypso Kelly! dit-elle en me tendant le micro.

_ Euh..., eh bien, merci... je veux dire super. Tout ceci est si inattendu... ai-je bafouillé, la gorge sèche.

J'ai remis un peu de gloss. Je me retrouvais sur une estrade en face de toute l'école, un océan de filles dont les yeux étaient tous rivés sur moi en attendant que je dise quelque chose de profond, ou pour le moins compréhensible.

A la question: «Comment avez-vous fait?», je décidai de répondre à la Nancy Mitford ou Dorothy Parker (l'écrivain, pas le lapin!) en trouvant une formule à la fois poignante et astucieuse, quelque chose d'inspiré (j'avais très vite décidé de ne pas raconter que notre cercle littéraire était né à la suite d'une bataille à la cantine). J'ai toussé, comme font les gagnants à la cérémonie des Oscars quand ils prennent le micro dans l'espoir que cela ajoute un peu de glamour, et j'ai laissé parler mon subconscient, pensant qu'il ferait un meilleur job que ma conscience, laquelle ne pourrait que se perdre dans des considérations de détail, comme de savoir si mes cheveux étaient collés ou s'il était possible de se mettre du gloss tout en parlant dans le micro. Le résultat fut certainement plutôt bon car tout le monde a applaudi, et ensuite personne ne s'est moqué de moi.

Aussitôt après, je me suis éclipsée en salle de techno pour envoyer un e-mail à Bob et Sarah et tout leur raconter. J'aurais bien écrit un texto à Freddie, mais je ne trouvai pas de prétexte valable. Alors j'ai rejoint la petite fête.

Minuit dans les bois. 24

Georgina nous invita, Clémentine, Arabella, Star et moi, pour les vacances de mi-trimestre dans sa vaste demeure en stuc de Eton Square. Nous passions nos matinées à lézarder au soleil dans le jardin, en sirotant des jus vitaminés concoctés spécialement par le majordome, après quoi nous allions faire un peu de shopping sur Sloane Street.

Sarah et Bob avaient augmenté mon argent de poche et, même s'il n'atteignait pas les cimes vertigineuses de celui des autres, je pouvais au moins m'offrir une pizza de temps à autre. Ils prétendirent m'avoir augmentée parce que j'allais sur mes quinze ans, mais je restai persuadée qu'ils l'avaient fait en sachant qu'après l'épisode du baiser champêtre, mon caractère était définitivement forgé.

Le meilleur moment était le soir, quand nous mettions nos plus beaux atours (même Tobias) pour aller arpenter King's Road et draguer les garçons. La promenade sur King's Road est une tradition chez les pensionnaires anglais à laquelle je n'avais encore jamais participé.

La romance de Clémentine et Kevin était officielle à présent. Star et Georgina trouvaient la fascination de Clémentine pour Kevin tellement immature qu'elles ne cessaient de la taquiner en lui demandant pour quand étaient les fiançailles.

Mon score de drague était plutôt bas ce trimestre, en grande partie parce que je pensais toujours à Freddie. J'avais quand même embrassé Hugo, un très beau garçon de Downside (une école catholique très snob) qui écrivait un roman.

Un roman ! vous imaginez ça ! Un vrai livre ! Il était charmant, et intelligent en plus. J'aurais pu l'écouter parler pendant une nuit entière. Mais comme j'avais envie de l'embrasser et que le couvre-feu était à onze heures, je me suis littéralement jetée à son cou. Dommage qu'il ait été un si piètre « embrasseur », comparé à Freddie en tout cas.

Je savais par la presse que Freddie passait ces quelques jours de vacances en Écosse avec sa famille et je ne m'attendais pas à avoir de ses nouvelles... ou tout au moins j'essayais de ne pas en attendre. Je l'avais aperçu un soir à la télévision, entouré de la famille royale, mais ça n'ôtait rien à ma déception.

J'ai croisé Kevin à plusieurs reprises sur King's Road. Il m'a dit de ne pas m'inquiéter, que la partie était toujours en cours entre Freddie et moi. Je n'ai pas osé lui parler de son frère, Billy, mais

Kevin ajouta, dans la conversation, qu'il passait beaucoup de temps à étudier. Je n'arrivais toujours pas à l'imaginer avec Poppy.

Le dernier jour des vacances, tandis que nous sirotions un *lattès* sur King's Road, Georgina a reparlé de l'invitation de Bob. J'ai fixé mon verre sans rien dire.

– Écoute, a dit Georgina, nous en avons parlé à nos parents, Star et moi, et ils sont d'accord.

– Ah bon ! ai-je répondu en essayant de ne pas avoir l'air trop négative.

Bien sûr que j'aurais aimé passer mes vacances avec elles, la question n'était pas là, mais je savais que Bob et Sarah ne pourraient jamais leur payer un vol en première classe et le genre de distractions auxquelles elles étaient habituées.

– Vous êtes sûres ? En été, c'est plutôt ennuyeux, L.A., vous savez.

– Tiger a téléphoné à ton père hier soir, annonça Star. Toute ma famille va aller à Los Angeles cet été, et j'ai invité Georgina à se joindre à nous parce qu'elle n'allait que dans le sud de la France.

– C'est d'un ennui là-bas ! Tout ce qu'on fait c'est s'allonger sur le bateau pour bronzer et manger un tas de choses qui font grossir. Je préfère mille fois suivre le régime Atkins avec vous à Malibu.

– Je vous ai déjà dit que je n'habitais pas à Malibu ! ai-je insisté en levant les yeux de mon verre.

Star et Georgina se firent une grimace.

– Mais pourquoi tu t'inquiètes ? Au fond, tu es la

pire snob que je connaisse, déclara Georgina. Tu sais, on s'en fiche de l'endroit où tu vis. En plus, Sarah nous a dit qu'elle avait un nouvel assistant, et il n'est pas gay celui-là !

Clémentine et Arabella proclamèrent qu'elles étaient follement jalouses et qu'elles adoreraient venir à L.A. avec nous, mais elles devaient aller faire un safari au Kenya avec la famille d'Arabella.

Les parents de Georgina nous renvoyèrent à l'école dans la Rolls Royce familiale. A l'arrivée, Georgina donna un billet de cinquante livres au chauffeur pour qu'il transporte tous nos bagages dans la chambre et commence à les défaire et nous sommes allées installer Dorothy Parker dans l'enclos. Aucune comparaison avec le jour de ma dernière rentrée !

La deuxième partie du trimestre fut très studieuse. Nos professeurs avaient dû se réunir pendant les vacances et estimer qu'ils n'étaient pas assez sévères avec nous, car, dès notre retour, ils nous mirent la pression. Ils nous rabâchaient que nous devions adopter une attitude plus sérieuse vis-à-vis de notre travail, que l'année suivante serait l'année décisive où nous devrions choisir nos orientations... Et blablabla...

– Mesdemoiselles, sachez que votre avenir dépend de l'ardeur et de la détermination que vous mettez dans votre travail d'aujourd'hui, nous répétaient-ils les uns après les autres.

La fin du trimestre arriva quand même. Notre

dernier devoir rendu, nous pouvions songer à réaliser le rêve de toute pensionnaire de Saint-Augustin qui se respecte : faire la légendaire escapade de minuit dans une boîte de Londres. Pour nous, c'était l'Usine, où le frère de Georgina connaissait quelqu'un qui pourrait nous faire entrer.

Nous nous sommes couchées dans nos vieux survêtements à capuche après avoir mis nos robes de soirée, nos chaussures et notre maquillage dans nos sacs de gym. Miss Cribbe a éteint les lumières à dix heures et, pour ne pas la contrarier, nous n'avons pas esquivé le baiser piquant du soir et nous avons même laissé Misty nous lécher abondamment. Beurk.

– Elles sont pas mignonnes mes fifilles ? Toi aussi tu les adores les fifilles, hein, Misty ? Allez mon toutou, viens, il faut les laisser faire dodo maintenant.

Misty lâcha un pet tonitruant en témoignage de son affection et miss Cribbe sortit comme si de rien n'était. Heureusement pour lui, ce chien avait considérablement remonté dans notre estime depuis qu'il avait trempé la couette de Honey, le soir du lancement.

Quand la pendule a sonné 22 h30, nous nous sommes faufilées jusqu'au rez-de-chaussée pour escalader la fenêtre de l'intendance. Honey (que nous avions été obligées de laisser venir, sinon elle nous aurait dénoncées), Clémentine et Arabella nous attendaient déjà dehors. Nous avons couru jusqu'à Puller's Wood, où nous nous sommes changées. Puis nous avons mis nos survêtements dans nos sacs de sport, que nous avons dissimulés sous des branchages et des feuilles.

Le plan – prévu jusque dans les moindres détails – prévoyait de filer jusqu'à la gare et d'attraper le train de 23 h 23 pour Londres (après avoir berné les gardes, les chiens, et passé les barbelés électrifiés). Une fois là-bas, nous danserions comme des tarées et draguerions des garçons plus âgés dans une boîte de nuit branchée, avant de reprendre le train de 6 h 06 pour rentrer au bercail. C'était le plan parfait. Nous étions sûres de notre coup et nous nous imaginions déjà en train de régaler les troisièmes de l'an prochain de nos exploits nocturnes.

Au retour de Londres, nous devions déterrer nos sacs, enfiler nos vieux survêt, remettre nos robes dans les sacs, les dissimuler de nouveau sous les feuilles, puis regagner le réfectoire en faisant mine de courir. Dans le cas où nous aurions rencontré quelqu'un dans les couloirs du dortoir, nous devions prétexter un jogging matinal. Quelles filles athlétiques ! Pendant l'heure du déjeuner, nous aurions fait une petite virée jusqu'au bois pour récupérer nos sacs et les fumeuses en auraient profité pour s'offrir une petite cigarette. Comme je l'ai déjà dit, c'était le plan parfait...

Malheureusement, les chiens nous ont découvertes au moment où nous finissions de nous changer. J'ai tout juste eu le temps de grimper à un chêne pour échapper aux crocs sanguinaires d'un féroce berger allemand. Les autres, qui ne partageaient pas ma terreur des chiens, me proposèrent de prendre mes jambes à mon cou. Mais le molosse qui s'était posté en bas de mon chêne et aboyait de façon menaçante n'avait pas l'air d'être du genre à se laisser semer par une gamine comme moi.

Honey, sans se préoccuper de nous, se précipita jusqu'au dortoir. Les autres ne tardèrent pas à la suivre après m'avoir promis de revenir me chercher. Je les regardais détaler comme des lapins avec les chiens à leurs trousses, sauf le mien, qui montait toujours la garde. Les cross auxquels nous avions participé avaient visiblement porté leurs fruits, car aucune ne fut dévorée, ni même mordue au mollet.

Une demi-heure plus tard, mon chien grognait toujours au pied de l'arbre en retroussant ses babines. Je me suis mise à pleurer à l'idée d'être découverte par un des gardes, qui me dénoncerait à sœur Constance, laquelle me priverait certainement du voyage en Gambie.

C'est à ce moment-là que le hasard s'en est mêlé.

Le faisceau d'une lampe torche m'a aveuglé. Pensant que les gardes avaient fini par me retrouver, je me suis mise à pleurer de plus belle, même si je savais que mes larmes n'y pourraient rien changer.

– Calypso ?

Surprise d'entendre mon nom, je regardai en bas. Au lieu d'un des mastards de la sécurité, je vis Billy, qui tenait le molosse par le collier et souriait d'amusement de me voir perchée là-haut.

– Je me suis souvent demandé à quoi les filles de Saint-Augustin occupaient leur soirée après l'extinction des feux, mais je dois dire que je n'avais jamais pensé à ce genre de choses.

– Oh ! la ferme ! répondis-je en essayant de ne pas sourire.

– Jolie robe.

– Merci.

Le chien léchait la main de Billy.

– Ça t'arrive souvent de mettre des robes du soir pour grimper dans les arbres en pleine nuit ?

– A chaque fois ! Une fille doit être élégante en toutes circonstances !

Je n'arrivais pas à croire à mon aplomb et à mon sens de la repartie. C'était phénoménal ! Dorothy Parker (l'écrivain, pas le lapin !) pouvait être fière.

– La culotte grise étant la pièce de résistance, je suppose, ajouta-t-il.

Je portais une de mes culottes grises (au départ elles étaient blanches, mais Cruella avait réussi à les rendre toutes grises au fil des lavages en machine, comme mes soutiens-gorge et mes jupes de sport). Contrairement aux autres parents, Sarah et Bob refusaient que je porte des sous-vêtements sexy Calvin Klein. « Pas à ton âge, chérie », avait décrété Bob. Et à trente livres pièce, je pouvais difficilement me les offrir avec mon argent de poche, même depuis l'augmentation.

– Tu comptes descendre bientôt, ou tu attends toujours l'aurore pour quitter ton perchoir ?

Ah ! Ah ! très drôle. Seulement voilà, si j'avais

réussi à grimper là-haut en un éclair sous l'effet d'une poussée d'adrénaline, la descente me paraissait beaucoup plus périlleuse. Surtout, il me semblait difficile de la négocier sans déchirer ma robe, sans m'écorcher partout, et en restant, comment dire ? gracieuse.

– Veux-tu que je te rattrape ? demanda-t-il, sentant mon hésitation.

La proposition paraissait gentille, mais si vous aviez vu son sourire moqueur, vous lui auriez fichu une gifle.

– Eh bien ?

J'aurais tellement voulu refuser.

– Écoute, laisse-toi tomber en arrière et je t'attraperai en vol. Comme ça tu ne t'écraseras pas par terre.

– Bon. OK.

Je l'ai fait. Et je dois dire que j'ai trouvé ça très agréable de me laisser tomber dans les bras d'un beau garçon qui me faisait de l'effet, même si j'avais manqué d'élégance. J'ai particulièrement aimé le court instant durant lequel il m'a porté dans ses bras avant de me poser (il sentait divinement bon). Pendant quelques secondes, j'ai cru qu'il allait m'embrasser – ou plutôt que j'allais l'embrasser – mais je me suis souvenue de Poppy et j'ai commencé à épousseter les brindilles de ma robe.

– Tu sors toujours avec Freddie n'est-ce pas ? me demanda-t-il.

– Euh, je n'en suis pas très sûre.

Il rigola.

– Et toi, tu sors avec Poppy.

– Pas du tout. C'est même la raison de ma présence à Saint-Augustin ce soir. Je lui ai dit pendant les dernières vacances que ce n'était plus la peine qu'on se voie, mais elle continue de m'envoyer des messages et de faire comme si on sortait ensemble. J'ai pensé qu'il vaudrait mieux que je vienne le lui dire en face.

– Là, ce soir ?

– Oui, là, ce soir, répondit-il en hochant la tête. Qu'est-ce que tu crois ? Que je me suis échappé de Eades et que j'ai franchi les barbelés électrifiés de Saint-Augustin juste pour faire une promenade dans les bois !

– Alors, c'est fini pour de bon avec Poppy ? demandai-je en essayant de rester le plus neutre possible et de ne pas rougir.

– Oui. Mais assez parlé de moi. Raconte plutôt comment ça se passe entre toi et Freddie.

J'aurais voulu pouvoir lui donner une réponse simple. Mieux : j'aurais aimé savoir quelle était cette réponse simple.

– Merde, voilà un garde, murmura soudain Billy. Il faut que j'y aille. Toi aussi. Je t'enverrai un texto.

J'ai couru jusqu'au dortoir.

Une fois dans mon lit, j'ai raconté à Star et Georgina ce qui venait de se passer. C'était si romantique. Mais au fait, comment trouverait-il mon numéro de téléphone ?

– Dis-moi, Star, tu crois que c'est possible d'aimer deux garçons en même temps ? ai-je demandé, beaucoup trop excitée par tous les événements de la soirée pour trouver le sommeil.

– Absolument, répondit Georgina, c'est même normal.

Mais, je n'en étais pas sûre. Ce qui me gênait avec Freddie, c'était ces gardes du corps et toutes ces histoires de paparazzi, mais je suppose que cela faisait partie du cadeau lorsqu'on tombait amoureuse d'un prince. Billy, lui, était tellement mignon et il ne m'avait causé aucun problème. Il m'avait même sauvé des crocs d'un chien féroce.

Pourtant, je ne pouvais m'empêcher de penser à cette nuit où j'étais sortie avec Freddie et à ce merveilleux baiser... J'allais avoir de quoi faire de beaux rêves pendant l'été.

Table

Je remercie infiniment mes enfants de m'avoir raconté toutes leurs histoires de pensionnat, et notamment mon fils aîné, Zad, pour les nombreuses anecdotes et les précieux conseils qu'il m'a donnés sur la pratique du sabre. Merci aussi aux anciens élèves des bonnes vieilles pensions anglaises, comme Saint-Mary d'Ascot, Eton ou Benenden, qui m'ont livré leurs souvenirs de pensionnaires. Mes remerciements vont aussi à Eric Hewiston, pour le plan de Saint-Augustin, à mon agent, Laura Dail, pour ses conseils avisés, et à toute la formidable équipe éditoriale de Piccadilly, Brenda, Yasemin, Lea et les autres, sans lesquels ce livre n'aurait pas vu le jour.

Loi n° 49-956
du 16 juillet 1949
sur les publications
destinées à la jeunesse
P.A.O : Françoise Pham
Imprimé en Italie
par G. Canale & C.S.p.A.
Borgaro T.se (Turin)
Dépôt légal : avril 2005
N° d'édition : 132536

ISBN 2-07-051141-3